꽃 속에 저 피가 흐른다

김남주 시선집

꿈속에 지파가 흐르다

염무웅 엮음

창비

일러두기

1. 『저 창살에 햇살이』 1·2(창작과비평사 1992)를 주요 대본으로 하고, 『진혼가』(청사 1984)와 『솔직히 말하자』(풀빛 1989) 『이 좋은 세상에』(한길사 1992) 『나와 함께 모든 노래가 사라진다면』(창작과비평사 1995)에서 조금씩 가려뽑았다.

2. 제목과 본문 등은 가급적 원래대로 하고 명백한 오자만 바로잡았으며, 띄어쓰기는 현행 표기법에 따랐다.

차례

제3부

제1부

잿더미

꽃이다 피다
피다 꽃이다
꽃이 보이지 않는다
피가 보이지 않는다
꽃은 어디에 있는가
피는 어디에 있는가
꽃 속에 피가 잠자는가
핏속에 꽃이 잠자는가

꽃이다 영혼이다
피다 육신이다
영혼이 보이지 않는다
육신이 보이지 않는다
꽃의 영혼은 어디에 있는가
피의 육신은 어디에 있는가
꽃 속에 영혼이 깃드는가
핏속에 육신이 흐르는가

영혼이 꽃을 키우는가
육신이 피를 흘리는가
꽃이여 영혼이여
피여 육신이여

그대는 타오르는 불길에
영혼을 던져보았는가
그대는 바다의 심연에
육신을 던져보았는가
죽음의 불길 속에서
영혼은 어떻게 꽃을 태우는가
파도의 심연에서
육신은 어떻게 피를 흘리는가

꽃이다 피다
육신이다 영혼이다
그대는 영혼의 왕국에서

육신을 어떻게 다루었는가
그대는 피의 꽃밭에서
영혼을 어떻게 다루었는가
파도의 침묵 불의 노래
영혼과 육신은 어떻게 만나
꽃과 함께 피와 함께 합창하던가
숯덩이처럼 검게 타버리고
잿더미와 함께 사라지던가

그대는
새벽을 출발하여
폐허를 가로질러
황혼을 만나보았는가
황혼의 언덕에서 그대는
무엇을 보았는가
난파선의 침몰을 보았는가
승천하는 불기둥을 보았는가

침몰과 불기둥은 무엇을 닮고 있던가

꽃을 닮고 있던가

피를 닮고 있던가

죽음을 닮고 있던가

그대는

황혼의 언덕을 내려오다

폐허를 가로질러 또 하나의

새벽을 기다려보았는가 그때

동천에서 태양이 타오르자

서천으로 사라지는 달을 보았는가

죽어버린 별

죽으러 가는 별

죽음을 기다리는 별

그대는 달과 별의 부활을 위해

새벽의 언덕에서 기도를 드려보았는가

그대는 겨울을

겨울답게 살아보았는가
그대는 봄다운
봄을 맞이하여보았는가
겨울은 어떻게 피를 흘리고
동토(凍土)를 녹이던가
봄은 어떻게 폐허에서
꽃을 키우던가 겨울과
봄의 중턱에서
보리는 무엇을 위해 이마를 맞대고
눈 속에서 속삭이던가
보리는 왜 밟아줘야 더
팔팔하게 솟아나던가
잡초는 어떻게 뿌리를 박고
박토에서 군거(群居)하던가
찔레꽃은 어떻게 바위를 뚫고
가시처럼 번식하던가
곰팡이는 왜 암실에서 생명을 키우며

누룩처럼 몰래몰래 번성하던가
죽순은 땅속에서 무엇을 준비하던가
뱀과 함께 하늘을 찌르려고
죽창을 깎고 있던가

아는가 그대는
봄을 잉태한 겨울밤의
진통이 얼마나 끈질긴가를
그대는 아는가
육신이 어떻게 피를 흘리고
영혼이 어떻게 꽃을 키우고
육신과 영혼이 어떻게 만나
꽃과 함께 피와 함께 합창하는가를

꽃이여 피여
피여 꽃이여
꽃 속에 피가 흐른다

핏속에 꽃이 보인다
꽃 속에 육신이 보인다
핏속에 영혼이 흐른다
꽃이다 피다
피다 꽃이다
그것이다!

그들은 누구와 함께 자고 있는가

그들은 누구와 함께 자고 있는가
달과 함께 별처럼 자고 있는가
바람과 함께 문풍지처럼 자고 있는가
윗목에서 하품이나 하는 요강과 함께 자고 있는가

그들은 누구와 함께 자고 있는가
부러진 다리 수수밭의
병아리와 함께 자고 있는가
빈 독을 엿보고 문턱을 갉는
쥐새끼와 함께 자고 있는가
엿장수 가위소리에 눌린
고무신짝과 함께 자고 있는가
파리와 함께 모기와 자고 있는가

내가 그들을 본 것은 장날이었다
개똥비누 하나에서 단돈
일원을 깎아내려고 그들은

장바닥을 온통 뒤지고 장거리의 풀빵
타는 냄새에 군침만 흘리는 내가
그들을 본 것은 국도연변
술 파는 담배가게였다 그들은
은하수 아래 청자 밑의 새마을에
눌린 한 봉지 풍년초를 사내려고
별의별 수작을 다 떨었다
빈손으로 술잔이나 비워주기도 하고
쌉쌀한 소줏잔에 없는 미소지어 뵈기도 하고
곰보딱지 주모를 꼬시기도 하고

내가 그들을 본 것은 툇마루였다
툇마루에 놓인 밥상 위의 툭사발
속의 둥둥둥 떠오른 멸치
고기를 낚으려고 가로세로 다투는
네 개의 젓가락

아 그들은 누구와 함께 자고 있는가
뒤룩뒤룩 배불러 터진
거머리와 함께 자고 있는가
대창에 찔린 개구리
피와 함께 자고 있는가 고달프고
애절한 사랑과 함께 자고 있는가

불

불이 아니면 안된다고 자못
핏대를 올리는 녀석들이 있다
놈들을 조심하라 그들은 적당한
아주 적당한 간격을 두고
불 앞에서 불과 타협한다

불을 노래하는 녀석들이 있다
놈들의 주둥이를 비틀어라 그들의 눈은
사슬에 묶인 시인의 간과 닮고 있지 않다

날개도 없는 주제에
불을 버리고 산을 넘는 녀석들이 있다
놈들을 쏘아라 농부가 논둑에
말뚝을 박듯 그렇게 다부지게
불기둥을 박고 그들을 쏘아라
고무로 만든 새총으로도 떨어뜨릴 수 있다

불의 위선자들 가련한 휴머니스트여

머리 덜 깬 친구여 오 불행한 천사여

제발 좀 순조로워라 열기 속에서

타오르는 시인의 가슴속에서

불은 산이 되어 너를 기다린다

불은 바위가 되어 너를 기다린다

불은 거꾸로 걷는 활자가 되어 너를 기다린다

불은 비뚤어진 꽃잎이 되어 너를 기다린다

불은 불결한 나체가 되어 너를 기다린다

불은 노동자의 절딴난 팔이 되어 너를 기다린다

불은 농군의 굶주린 얼굴이 되어 너를 기다린다

불은 겨울의 이빨이 되어 너를 기다린다

불은 약탈이 되어 너를 기다린다

불은 끝나지 않는 고난이 되어

죽음으로써만이 끝장이 나는

신화(神話)가 되어 너를 기다린다

진혼가

1

총구가 내 머리숲을 헤치는 순간
나의 신념은 혀가 되었다
허공에서 허공에서 헐떡거렸다
똥개가 되라면 기꺼이 똥개가 되어
당신의 똥구멍이라도 싹싹 핥아주겠노라
혓바닥을 내밀었다

나의 싸움은 허리가 되었다
당신의 배꼽에서 구부러졌다
노예가 되라면 기꺼이 노예가 되겠노라
당신의 발밑에서 무릎을 꿇었다

나의 신념 나의 싸움은 미궁이 되어
심연으로 떨어졌다
삽살개가 되라면 기꺼이 삽살개가 되어

당신의 발가락이라도 핥아주겠노라

더이상 나의 육신을 학대 말라고
하찮은 것이지만
육신은 유일한 나의 확실성이라고
나는 혓바닥을 내밀었다
나는 무릎을 꿇었다
나는 손발을 비볐다

2

나는 지금 쓰고 있다
벽에 갇혀 쓰고 있다
여러 골이 쑥밭이 된 것도
여러 집이 발칵 뒤집힌 것도
서투른 나의 싸움 탓이라고
사랑했다는 탓으로 애인이 불려다니는 것도

숨겨줬다는 탓으로 친구가 직장을 잃은 것도
어설픈 나의 신념 탓이라고
모두가 모든 것이 나 때문이라고
나는 지금 쓰고 있다
주먹밥 위에
주먹밥에 떨어지는 눈물 위에
환기통 위에 삥끼통 위에
식구통 위에 감시통 위에
마룻바닥에 벽에 천장에 쓰고 있다
손가락이 부르트도록 쓰고 있다
발가락이 닳아지도록 쓰고 있다
혓바닥이 쓰라리도록 쓰고 있다

공포야말로 인간의 본성을 캐는 가장 좋은 무기이다라고

3

참기로 했다
어설픈 나의 신념 서투른 나의 싸움은 참기로 했다
신념이 피를 닮고
싸움이 불을 닮고
자유가 피 같은 불 같은 꽃을 닮고 있다는 것을 알 때
까지는
온몸으로 온몸으로 죽음을 포옹할 수 있을 때까지는
칼자루를 잡는 행복으로 자유를 잡을 수 있을 때까지는
참기로 했다

어설픈 나의 신념
서투른 나의 싸움
신념아 싸움아 너는 참아라

신념이 바위의 얼굴을 닮을 때까지는
싸움이 철의 무기로 달구어질 때까지는

달도 부끄러워

차마 부끄러워
밤으로 찾아든 고향
달도 부끄러워 숨어버렸나
보이는 것은 어둠뿐
들판도 그대로 어둠으로 깔리고
어둠으로 보이는 것은 농민의
농민에 의한 농민을 위한
허수아비뿐이다

차마 부끄러워
어둠으로 기어든 마을
똥개도 부끄러워 짖지를 않나
길은 넓혀졌지만 지붕도 벗겨졌지만
개똥불처럼 전깃불도 가물거리지만
원귀처럼 소소리처럼 들리는 한숨
소리 껍데기뿐이다

차마 부끄러워

도둑처럼 밀어 여는 사립문

고양이도 부끄러워 엿보지 않나

텅 빈 마당이 허전하고

텅 빈 마구간이 허전하고

발길에 밟히는 것은 소스라치게 놀라

달아나는 쥐새끼뿐이다

아우를 위하여

없는 놈은 농자금도 못 타 쓴다더냐
있는 놈만 솔솔 빼주기냐
조합장 멱살을 거머쥐고
면상을 후려치던 아우야

식구마다 논밭 팔아
대학까지 갈쳐논께
들쑥날쑥 경찰이나 불러들이고
허구헌날 방구석에 처박혀
그 알량한 글이나 나부랑거리면
뭣한디요 뭣한디요 뭣한디요
터져 분통이 터져 집에까지 돌아와
내 얄팍한 귀청을 찢었던 아우야
내 사랑하는 아우야

오늘밤과 같이
눈앞이 캄캄한 밤에는

시라도 써야겠다

쌓이고 맺힌 서러움

주먹으로 터지는 네 분노를 위하여

고이고 고인 답답함

가슴으로 터지는 네 사랑을 위하여

차마 바로는 보지 못하고

밥상 너머로 훔쳐보아야만 했던

내 눈 속 네 얼굴을 위하여

시라도 써야겠다

그 알량한 시라도 써야겠다

오늘밤과 같이

눈앞이 아찔한 밤에는

잔소리

.

첫날은 산림계 직원이 나오지요
부엌을 기웃거리고 헛간과 마구간을
샅샅이 마당귀를 엿보고 뒤지고
색출한 것은 장부에 오르지요
갈퀴나무가 오르고 타다 남은
등걸나무가 오르고 솔가지가 오르고
후들후들 벌금과 징역이 떨어지고
완전히 촌놈 겁주기죠

솥단지는 뭘 먹고 불 없는
겨울은 어떻게 나냐구요
지붕 개량하라는 거죠 썩은새가 나오지 않냐 이거죠
아궁이 개량하라는 거죠 석유도 있지 않냐 이거죠

다음날은 조합 직원이 나오지요
할당된 나락 왜 안 내냐
내놀 나락 없응께 못 내논다

평수 보고 쨌는데 없단 말이 웬말이냐
없응께 없닥 한다 있는 나락 안 내놓냐
이 양반 침도 안 바르고 거짓이냐
똥 발라도 거짓말은 못하는 성미다

다음 다음날은 산림계와 조합이 한꺼번에 몰려들지요
이리 사알살 긁어주고 저리 사알살 만져주고
잘 봐준다 못 봐준다 누님 놓고 매부 좋고
척 보면 똥이고 된장이라
눈치 하나야 촌놈이 빠르지요

사실 농부들은 꺼려하지요
이문도 이문이지만 정부수매 추곡매상
오복나게 까다롭고 우선 말려야 하는데
깡깡하게 말려야 하는데 이빨 새로 깨물어 톡톡 소리
나게 말려야 하는데
가을볕 하루볕은 틱도 안 닿고

사나흘볕 땡볕에 쬐야 톡톡 톡톡톡 으깨지는 소리가
납니다

그나 그뿐인가요 치로 부쳐 풍로 부쳐 두번 세번 부쳐
야 하고

꺼시락 하나 먼지 하나 없이 깨끔하게 부쳐야 하고

어떤 줄 아세요 검사 맡으러 가면?

찔러댑니다 다짜고짜 쿡쿡 대창으로

가마니를 쑤셔댑니다 나락

색깔이 곱지 않다 가마니가 헐었다 새끼줄이 퉁퉁하다

별의별 트집을 다 잡고 저울질합니다

어쩌다 근수가 모자라면 당장에 퇴짜

낙동강 오리알 떨어지듯 톡 떨어집니다

일등은 하늘의 별 따깁니다

이등은 가뭄에 콩 나깁니다

삼등이 하나씩 떨어지고 태반이

등외품 이맘 때면 공장문도 닫아버립니다

공장에다 못 내도록

수매 실적 올리려고

노래

이 두메는 날라와 더불어
꽃이 되자 하네 꽃이
피어 눈물로 고여 발등에서 갈라지는
녹두꽃이 되자 하네

이 산골은 날라와 더불어
새가 되자 하네 새가
아랫녘 윗녘에서 울어예는
파랑새가 되자 하네

이 들판은 날라와 더불어
불이 되자 하네 불이
타는 들녘 어둠을 사르는
들불이 되자 하네

되자 하네 되고자 하네
다시 한번 이 고을은

반란이 되자 하네
청송녹죽(青松綠竹) 가슴으로 꽂히는
죽창이 되자 하네 죽창이

편지 1

산길로 접어드는
양복쟁이만 보아도
혹시나 산감이 아닐까
혹시나 면직원이 아닐까
가슴 조이시던 어머니
헛간이며 부엌엔들
청솔가지 한 가지 보이는 게 없을까
허둥대시던 어머니
빈 항아리엔들 혹시나
술이 차지 않았을까
허리 굽혀 코 박고
없는 냄새 술냄새 맡으시던 어머니

늦가을 어느 해
추곡수매 퇴짜 맞고
빈속으로 돌아오시는 아버지 앞에
밥상을 놓으시며 우시던 어머니

순사 한나 나고
산감 한나 나고
면서기 한나 나고
한 집안에 세 사람만 나면
웬만한 바람엔들 문풍지가 울까부냐
아버지 푸념 앞에 고개 떨구시고
잡혀간 아들 생각에
다시 우셨다던 어머니

동구 밖 어귀에서
오토바이 소리만 나도
혹시나 또 누구 잡아가지나 않을까
머리끝 곤두세워 먼산
마른 하늘밖에 쳐다볼 줄 모르시던

어머니 어머니 어머니
다시는 동구 밖을 나서지 마세요

수수떡 옷가지 보자기에 싸들고
다시는 신작로가엘랑 나서지 마세요
끌려간 아들의 서울
꿈에라도 못 보시면 한시라도 못살세라
먼길 꽉꽉한 길
다시는 나서지 마세요
허기진 들판 숨가쁜 골짜기 어머니
시름의 바다 건너 선창가 정거장엘랑
다시는 나오지 마세요 어머니

황토현에 부치는 노래
녹두장군을 추모하면서

한 시대의
불행한 아들로 태어나
고독과 공포에 결코 굴하지 않았던 사람
암울한 시대 한가운데
말뚝처럼 횃불처럼 우뚝 서서
한 시대의 아픔을
온몸으로 한몸으로 껴안고
피투성이로 싸웠던 사람
뒤따라오는 세대를 위하여
승리 없는 투쟁
어떤 불행 어떤 고통도
결코 두려워하지 않았던 사람
누구보다도 자기 시대를
가장 정열적으로 사랑하고
누구보다도 자기 시대를
가장 격정적으로 노래하고 싸우고
한 시대와 더불어 사라지는 데

기꺼이 동의했던 사람

우리는 그의 이름을
키가 작다 해서
녹두꽃이라 부르기도 하고
농민의 아버지라 부르기도 하고
동학농민혁명의 수령이라 해서
동도대장, 녹두장군
전봉준이라 부르기도 하니
보아다오, 이 사람을
거만하게 깎아세운
그의 콧날이며 상투머리는
죽어서도 풀지 못할 원한, 원한
압제의 하늘을 가리키고 있지 않는가
죽어서도 감을 수 없는
저 부라린 눈동자, 눈동자는
90년이 지난 오늘에도

불타는 도화선이 되어
아직도 어둠을 되쏘아보며
죽음에 항거하고 있지 않는가
탄환처럼 틀어박힌
캄캄한 이마의 벌판, 벌판
저 커다란 혹부리는
한 시대의 아픔을 말하고 있지 않는가
한 시대의 상처를 말하고 있지 않는가
한 시대의 절망을 말하고 있지 않는가

보아다오 보아다오
이 사람을 보아다오
이 민중의 지도자는
학정과 가렴주구에 시달린
만백성을 일으켜 세워
눈을 뜨게 하고
손과 손을 맞잡게 하여

싸움의 주먹이 되게 하고
싸움의 팔이 되게 하고
소리와 소리를 합하게 하여
대지의 힘찬 목소리가 되게 하였다
그들 만백성들은
이 위대한 혁명가의 가르침으로
미처 알지 못한 사람들과
형제가 되었을 뿐만 아니라
새 세상을 겨냥한 동지가 되었을 뿐만 아니라
외롭고 가난한 사람들이
아직까지 한번도 맛보지 못한
자유를 알게 되었을 뿐만 아니라
적과 동지를 분간하여
민중의 해방을 위하여
전투에 가담할 줄 알게 되었으니

보아다오, 그들은

강자의 발밑에 무릎을 꿇고
자유를 위해 구걸 따위는 하지 않았다
보아다오, 그들은
부호의 담벼락을 서성거리며
밥을 위해 땅을 위해
걸식 따위는 하지 않았다
보아다오, 그들은
판관의 턱을 쳐다보며 정의를 위해
기도 따위는 하지 않았다 보아다오, 그들은
성단의 탁자 앞에 무릎을 꿇고
선을 구걸하지도 않았고
돈뭉치로 선을 사지도 않았다
보아다오, 그들은
이빨 빠진 사자가 되어
허공에 허공에 허공에 대고
허망하게 으르렁거리지 않았다
보아다오, 그들은

만인을 위해
땅과 밥과 자유의 정복자로서
승리를 위해 노래하고 싸웠다
대나무로 창을 깎아
죽창이라 불렀고 무기라 불렀고
괭이와 죽창과 돌멩이로 단결하여
탐학한 관리의 머리를 베고
양반과 부호의 다리를 꺾어
밥과 땅과 자유를 쟁취했다

보아다오, 보아다오
새로 태어난 이 민중을
이 민중의 강인한 투지를
굶주림과 추위와
투쟁 속에서 더욱 튼튼하게 단결된
이 용감한 조직을 보아다오
고통과 고통과의 결합

인간의 성채

죽음으로써만이 끝장이 나는

이 끊임없는 싸움, 싸움을 보아다오

밥과 땅과 자유

정의의 신성한 깃발을 치켜들고

유혈의 투쟁에 가담했던

저 동학농민의 횃불을 보아다오

압제와 수탈의 가면을 쓴

양반과 부호들의 강탈에 항쟁했던

저 1894년 갑오년

농민혁명의 함성을 들어다오

그리고 다시 우리 모두 이 사람을 보아다오

오늘도 우리와 함께 살아 있고

영구히 살아남을 이 사람을

녹두 전봉준 장군을 보아다오

제2부

옛 마을을 지나며

찬 서리
나무 끝을 나는 까치를 위해
홍시 하나 남겨둘 줄 아는
조선의 마음이여

고목

대지에 뿌리를 내리고
해를 향해 사방팔방으로 팔을 뻗고 있는 저 나무를 보라
주름살투성이 얼굴과
상처자국으로 벌집이 된 몸의 이곳 저곳을 보라
나도 저러고 싶다 한 오백년
쉽게 살고 싶지는 않다 저 나무처럼
길손의 그늘이라도 되어주고 싶다

나그네

조상 대대로 토지 없는 농사꾼이었다가
꼴머슴에서 상머슴까지
열 살 스무 살까지 남의 집 머슴살이였다가
한때는 또 뜬세상 구름이었다가
에헤라 바다에서 또 십년 배 없는 뱃놈이었다가
도시의 굴뚝 청소부였다가
공장의 시다였다가 현장의 인부였다가
이제는 돌아와 고향에
황토산 그늘에 쉬어 앉은 나그네여
나는 안다 그대 젊은 시절의 꿈을
그것은 아주 작은 것이었으니
보습 댈 서너 마지기 논배미였다
어기여차 노 저어 바다의 고기 낚으러 가자
통통배 한 척이었고
풍만한 가슴에 푸짐한 엉덩판
싸리울 너머 이웃집 처녀의 넉넉한 웃음이었다
그것으로 그대는 족했다

그것으로 그대는 행복했다

십년 만에 고향에 돌아와서도
선뜻 강 건너 마을로 들어서지 못하고
바위산 그늘에 쉬어 앉은 나그네여

아버지

그래 그런 사람이었다 나의 아버지는
날이 새기가 무섭게 나를 깨워 사립문 밖으로 내몰았다

"남주야 해가 중천에 뜨겼다 일어나 깔 비러 가거라"

그래 그런 사람이었다 나의 아버지는
학교에 늦을까봐 아침밥 뜨는둥 마는둥 책보 메고 집을 나서면
내 뒤통수에 대고 냅다 고함을 쳤다

"너 핵교 파하면 핑 와서 소 띤겨야 한다
길가에서 놀았다만 봐라 다리몽댕이를 분질러놓을 팅께"

그래 그런 사람이었다 나의 아버지는
방학 때라 내가 툇마루에서 낮잠 한숨 붙이고 있으면
작대기로 마룻장을 두드리며 재촉했다

"아야 해 다 넘어가겄다 빨랑 일어나 나무하러 가거라"

그래 그런 사람이었다 나의 아버지는
저녁 먹고 등잔불 밑에서 숙제 좀 하고 있으면
어느새 한숨 자고 일어나 다그쳤다

"아직 안 자냐 석유 닳아진다 어서 불 끄고 자거라"

그래 그런 사람이었다 나의 아버지는
소가 병이 나면 어성교로 약을 사러 간다
읍내로 수의사를 부르러 간다 허둥지둥 몸둘 바를 몰
랐으되
횟배를 앓으며 내가 죽을 상을 쓰면 건성으로 한마디
뱉을 뿐이었다

"거시기 뭐드라 거 뒤안에 가서 감나무 뿌리나 한두

개 캐다가 델여 멕여"

그래 그런 사람이었다 나의 아버지는
공책이란 공책은 다 찢어 담배말이종이로 태워버렸다
내가 학교에서 상장을 타오면
"아따 그놈의 종이때기 하나 빳빳해 좋다" 면서
씨앗봉지를 만들어 횃대에다 매달아놓았다

그는 이름 석자도 쓸 줄 모르는 무식쟁이였다
그는 밭 한 뙈기 없는 남의 집 머슴이었다
그는 나이 서른에 애꾸눈 각시 하나 얻었으되
그것은 보리 서너 말 얹어 떠맡긴 주인집 딸이었다

그는 지푸라기 하나 헛반 데 쓰지 못하게 했다
어쩌다 내가 그릇에 밥태기 한톨 남기면 죽일 듯 눈알
을 부라렸다

그는 내가 커서 어서어서 커서

사람이 되어주기를 바랐다

농사꾼은 그에게 사람이 아니었다

뺑돌이의자에 앉아 펜대만 까딱까딱하고도

먹을 것 걱정 안하고 사는 그런 사람이 되어주기를 바

랐다

그는 못 되도 내가 면서기쯤은 되어야 한다고 했다

그러면 자기도 면에 가면 누구 아버지 오셨냐며

인사도 받고 사람 대접을 받는다 했다

그는 내가 고등학교 대학교 다닐 때

금판사가 되면 돈을 갈퀴질한다고 늘상 말해왔다

금판사가 아니라 검판사라고 내가 고쳐 일러주면

끝내 고집을 꺾지 않고

금산사가 되면 장롱에 금싸라기가 그득그득 쌓일 거라

고 부러워했다

그는 죽었다 화병으로

내가 자본과 권력의 모가지에 칼을 들이대고
경찰에 쫓기는 몸이 되었을 때
식구들에게 둘러싸여 마지막 숨을 거두면서
그는 손을 더듬거리고 나를 찾았다 한다

어머니

일흔 넘은 나이에 밭에 나가
김을 매고 있는 이 사람을 보아라

아픔처럼 손바닥에는 못이 박혀 있고
세월의 바람에 시달리느라 그랬는지
얼굴에 이랑처럼 골이 깊구나

봄 여름 가을 없이 평생을 한시도
일손을 놓고는 살 수 없었던 사람
이 사람을 나는 좋아했다
자식 낳고 자식 키우고 이날 이때까지
세상에 근심 걱정 많기도 했던 사람
이 사람을 나는 사랑했다
나의 피이고 나의 살이고 나의 뼈였던 사람

그 집을 생각하면

이 고개는
솔밭 사이사이를 꼬불꼬불 기어오르는 이 고개는
어머니가 아버지한테
욱신욱신 삭신이 아리도록 얻어맞고
친정집이 그리워 오르고는 했던 고개다
바람꽃에 눈물 찍으며 넘고는 했던 고개다
어린 시절에 나는 아버지 심부름으로
어머니를 데리러 이 고개를 넘고는 했다
고개 넘으면 이 고개
가로질러 들판 저 밑으로 개여울이 흐르고
이끼와 물살로 찰랑찰랑한 징검다리를 뛰어
물방앗간 뒷길을 돌아 바람 센 언덕 하나를 넘으면
팽나무와 대숲으로 울울한 외갓집이 있다
까닭없이 나는 어린 시절에
이 집 대문턱을 넘기가 무서웠다
터무니없이 넓은 이 집 마당이 못마땅했고
농사꾼 같지 않은 허여멀쑥한 이 집 사람들이 꺼려졌다

심지어 나는 우리 집에는 없는 디딜방아가 싫었고
어머니와 함께 집으로 돌아갈 때
외할머니가 들려주는 이런저런 당부 말씀이 역겨웠다
나는 한번도 들여다보지 않았다
아버지가 총각 머슴으로 거처했다는 이 집의 행랑방을

편지

어머니 그 옛날 제가
외지로 나설 때마다
동구밖 신작로에 나오셔서
차조심하고 사람조심하라고 신신당부하시던 어머니
가다 먼 길 구픗하면 먹어두라고
수수떡 계란이며 건네주시며
옷고름 콧잔등에 찍어 우시던 어머니

이제는 예순 넘은 허리로
끌려간 자식놈이 그리워
철이 바뀔 때마다 옷가지 챙겨들고
흰 고개 검은 고개 넘나드시는 어머니
서러워하거나 노여워 마세요
날 두고 온 놈이 온 말을 하더라도
내 또래 친구들 발길 뜸해지더라도

어머니 저를 결정할 사람은 그들이 아니니까요

사형이다 무기다 10년이다 구형선고 놓기를

남의 집 개이름 부르듯하는 저 당당한 검사나으리가

아니니까요

높은 공부 하여 높은 자리에 앉아

사슬 묶인 나를 굽어보는

저 준엄한 판사나으리가 아니니까요

나를 결정할 사람은 결국 나 자신이고

날 낳으신 당신이고 당신 같으신 어머니들이고

날 키워준 이 산하 이 하늘이니까요

해방된 민중이고 통일된 조국의 별이니까요

물 따라 나도 가면서

흘러 흘러서 물은 어디로 가나
물 따라 나도 가면서 물에게 물어본다
건듯건듯 동풍이 불어 새봄을 맞이했으니
졸졸졸 시내로 흘러 조약돌을 적시고
겨우내 낀 개구쟁이의 발때를 벗기러 가지

흘러 흘러서 물은 어디로 가나
물 따라 나도 가면서 물에게 물어본다
오뉴월 뙤약볕에 가뭄의 농부를 만났으니
돌돌돌 도랑으로 흘러 농부의 애간장을 녹이고
타는 들녘 벼포기를 적시러 가지

흘러 흘러서 물은 어디로 가나
물 따라 나도 가면서 물에게 물어본다
동산에 반달이 떴으니 낼 모레가 추석이라
넘실넘실 개여울로 흘러 달빛을 머금고
물레방아를 돌려 떡방아를 찧으러 가지

흘러 흘러서 물은 어디로 가나
물 따라 나도 가면서 물에게 물어본다
봄 따라 여름 가고 가을도 깊었으니
나도 이제 깊은 강 잔잔하게 흘러
어디 따뜻한 포구로 겨울잠 자러 가지

농부의 밤

우두둑 우두두두둑
느닷없이 한밤중에 쏘내기 쏟아지고
잠귀 밝은 할머니 젤 먼저 들어
소리친다
비 온다 아그들아 내다봐라
웃통바람 애비는 가래 들고 들로
속곳바람 에미는 멍석 말아 헛간으로
눈 비비고 손주놈은 소 몰아 마구간으로
아 여름밤 쏘내기여 고단한 농부의 잠이여

탁류

탁류에 휩쓸려
하류로 하류로 떠밀려가는
수천 수만의 고기떼를 보네
어떤 놈은 아가리를 벌리고
탁류에 욕을 퍼붓기도 하고
어떤 놈은 대가리를 쳐들고
탁류를 거슬러 오르려고도 하네
그러나 그때마다
누가 던진 작살에 찍혀
땡볕의 모래밭에 내던져지네

나는 보네
튀어나온 물고기의 눈에서
한 시대의 분노를
나는 보네
흙탕물로 가득 찬 물고기의 입에서
한 시대의 저주를

강

봄이 와도
풀리지 않는 강 풀 길이 없음인가
발이 시리는지 어떤 이는 발만 동동 구르고
손이 시리는지 어떤 이는 손만 호호 불고 있네

봄이 오고 또 오고
여전히 풀리지 않는 강 영영 풀 길이 없음인가
어떤 이는 강 건너 마을에 봄이 왔음을 시새워하고
어떤 이는 왔던 길 되돌아가고
어떤 이는 추위를 이기지 못해 주막을 찾고
그는 금방 붉은 달이 되어 낮게 낮게 엎드려 울기 시작
하네

풀리지 않는 강
아
과연
정말

영영
풀 길이 없음인가 벗이여

나에게 다오 철의 규율을
나에게 다오 불의 열정을
나에게 다오 바위의 조직을
얼어붙은 강을 으깨어놓을 테다!
이렇게 노래하는 사람은 없음인가
이 봄에 한두 사람 없음인가

파도는 가고

나는 쓴다
모래 위에 그대 이름을 쓴다
파도가 와서 지워버린다
지워진 이름 위에 나는 그린다
내 첫사랑이 타는 곳 그대 입술 위에
다시 와서 파도가 지워버린다
그 위에
모래 위에 미끄러지는 입술 위에
나는 판다 오 갈증의 샘이여
깊고 깊은 그대 몸속의 욕망을 오 환희여
파도가 와서 메워버린다

황혼의 바다 파도는 가고
나는 떠난다
모래 위에 그림자 길게 늘어뜨리고
내 고뇌의 무덤 그대 유방 위에
허무의 재를 뿌리며

사랑은

겨울을 이기고 사랑은
봄을 기다릴 줄 안다
기다려 다시 사랑은
불모의 땅을 파헤쳐
제 뼈를 갈아 재로 뿌리고
천년을 두고 오늘
봄의 언덕에
한 그루 나무를 심을 줄 안다

사랑은
가을을 끝낸 들녘에 서서
사과 하나 둘로 쪼개
나눠 가질 줄 안다
너와 나와 우리가
한 별을 우러러보며

세월

압제와의 싸움에서 나는 지고
이곳에 내가 갇힌 지 9년의 세월이 흘렀습니다
9년이란 세월 그것은
지구가 태양의 둘레를 아홉 바퀴 돌고
달이 지구의 둘레를 백여덟 바퀴를 도는 행로라 합니다
나는 그동안 9년 동안
동산에서 해가 뜨는 것을 보지 못했습니다
서산 너머로 달이 지는 것을 보지 못했습니다
나는 자연으로부터 버림받았으니
별 하나 내 머리 위에서 빛나지 않습니다

자본의 세계에서 쫓겨나
이곳에 내가 갇히고 9년의 세월이 흘렀습니다
9년이란 세월 그것은
신랑이 신부를 맞아 신방을 꾸미고
결혼 10주년을 바라보는 해와 달입니다
새로 태어난 아기가 나무처럼 자라서 재롱을 피우고

아침저녁으로 징검다리 건너 학교에 갔다올 나이입
니다

나는 어제 보았습니다 거울 앞에서 반백이 된 내 머리를

그리고 돌아서서 나는 그려보았습니다 먼산을 바라보며

6년 후의 내 모습과 마흔다섯 살이 될 한 여인의 얼굴을

취침 나팔소리가 들리고 밤이 깊어갑니다

이제 내 귀는 가까워졌다 멀어져가는

간수의 발자국소리밖에 듣지 못합니다

이제 내 눈은 벽과 천장과 이따금 감시통으로 나를 엿
보는

간수의 눈밖에 보지 못합니다

나는 보고 싶습니다 이 밤에

잠자리를 펴는 여인의 허리를

나는 듣고 싶습니다 이 밤에

아기를 잠재우는 어머니의 자장가를

나는 보고 싶습니다 아침에 일어나

행주치마 허리에 두르고 밥상을 차리는 주부의 모습을

나는 듣고 싶습니다 잠자리에서

늦잠꾸러기 남편에게 바가지를 긁는 마누라의 잔소리를

나는 보고 싶습니다 먼 훗날

바람에 날려 대지에 씨를 뿌리는 농부와 그 뒤를 따라오면서

흙으로 씨를 덮는 농부의 아내를

먼 훗날 사내가 다시 동에서 뜨는 해를 보고

서으로 지는 달을 보게 될 그런 날

하얀 눈

눈이 내린다 하얀 눈
감옥에도 한밤중에 내려 쌓인다
이 한밤 어둠뿐인 이 한밤에
내가 철창에 기대어 그대를 그리워하듯
그녀 또한 창문 열고 나를 그리고 있을까

조국의 딸 나의 처녀여
전사의 팔에 안겨
부챗살처럼 펼쳐질
꿈의 여인 나의 신부여

이따위 시는 나도 쓰겠다

창비에 실린 시를 보고
이따위 시는 나도 쓰겠다 싶어 보면시
나는 처음으로 시라는 것을 써보았다
나의 칼 나의 피에 실린 나의 시를 보고
이따위 시는 나도 쓰겠다 싶어 보면서
노동자와 농민이 또는 전사가
시라는 것을 처음으로 써보았으면 한다
그것이야말로 나의 보람이고 나의 자랑이다

그 무렵 창비에 실린 시를
내가 읽어주면 우리 어머니가 듣고
헤헤 영축없이 우리 사는 꼴이다이
그런 거이 시다냐 참 우습다이 참 재미있다이
그 당시 창비에 실린 시는 그런 것이었다

나는 나의 시가

나는 나의 시가
오가는 이들의 눈길이나 끌기 위해
최신유행의 의상 걸치기에 급급해하는 것을 바라지 않
는다
나는 바라지 않는다 나의 시가
생활의 현실에서 눈을 돌리고
순수의 꽃으로 서가에 꽂혀
호사가의 장식품이 되는 것을
나는 또한 바라지 않는다 자유를 위한 싸움에서
형제들이 피를 흘리고 있는데 나의 시가
한과 슬픔의 넋두리로
설움 깊은 사람 더욱 서럽게 하는 것을

나는 바란다 총검의 그늘에 가위눌린
한낮의 태양 아래서 나의 시가
탄압의 눈을 피해 손에서 손으로 건네지기를
미처 먹지도 마시지도 못하고

배부른 자들의 도구가 되어 혹사당하는 이들의 손에
건네져
　깊은 밤 노동의 피곤한 눈들에서 빛나기를
　한 자 한 자 손가락으로 짚어가며
　그들이 나의 시구를 소리내어 읽을 때마다
　뜨거운 어떤 것이 그들의 목젖까지 차올라
　각성의 눈물로 흐르기도 하고
　누르지 못할 노여움이 그들의 가슴에서 터져
　싸움의 주먹을 불끈 쥐게 하기를

　나는 또한 바라 마지않는다 나의 시가
　입에서 입으로 옮겨져 노래가 되고
　캄캄한 밤의 귓가에서 밝아지기를
　사이사이 이랑 사이 고랑을 타고
　쟁기질하는 농부의 들녘에서 울려퍼지기를
　때로는 나의 시가 탄광의 굴속에 묻혀 있다가
　때로는 나의 시가 공장의 굴뚝에 숨어 있다가

때를 만나면 이제야 굴욕의 침묵을 깨고
들고 일어서는 봉기의 창끝이 되기를

시의 요람 시의 무덤

과거의 시는 표현이 내용을 능가했다
그러나 미래의 시는 내용이 표현을 능가할 것이다 ─ 맑스

당신은 묻습니다
언제부터 시를 쓰게 되었느냐고
나는 이렇게 대답할 수밖에 없습니다
투쟁과 그날 그날이 내 시의 요람이라고

당신은 묻습니다
웬놈의 시가 당신의 시는
땔나무꾼 장작 패듯 그렇게 우악스럽고 그렇게 사납
냐고
나는 이렇게 반문할 수밖에 없습니다

싸움이란 게 다 그런 거 아니냐고
하다 보면 목청이 첨탑처럼 높아지기도 하고
그러다 보면 차마 입에 담지 못할 욕도 나오는 게 아니
냐고
저쪽에서 칼을 들고 나오는 판인데
이쪽에서는 펜으로 무기삼아 대들어서는 안 되느냐고

세상에 어디 얌전한 싸움만 있기냐고
제기랄 시란 게 무슨 타고난 특권의 양반들 소일거리
더냐고

당신은 묻습니다
시를 쓰게 된 별난 동기라도 있느냐고
나는 이렇게 말할 수밖에 없습니다
혁명이 나의 길이고 그 길을 가면서
부러진 낫 망치소리와 함께 가면서
첨으로 시라는 것을 써보게 되었다고
노동의 적과 싸우다 보니 농민과 함께 노동자와 함께
피흘리며 싸우다 보니
노래라는 것도 나오더라고 저절로 나오더라고
나는 책상머리에 앉아 시라는 것을 억지로 써본 적이
없다고
내 시의 요람은 안락의자가 아니고 투쟁이라고 그 속
이라고
안락의자야말로 내 시의 무덤이라고

그들의 시를 읽고

희한한 일이다 그들의 시를 읽다 보면
어딘가 닮은 데가 있다 많이 있다
나무로 말할 것 같으면 그 뿌리가 닮았다고나 할까
소금으로 말할 것 같으면 그 맛이 닮았다고나 할까
빛으로 말할 것 같으면 어둠을 밀어내는 그 모양이 닮
았다고나 할까
나라가 다르고 시대가 다르고 언어가 다르고……
그러면서도 그들의 시에는 영락없이 쌍둥이 같은 데가
있는 것이다
그것은 흙이 타고 밤이 타는 냄새와도 같다
그것은 노동의 대지가 파괴되는 천둥소리와도 같다
그것은 투쟁의 나무가 흘리는 피의 맛과도 같다
한마디로 말하자 그들의 시에는
인간이 있는 것이다 육체를 가진 인간이 있고
인간과 인간 사이를 원수지게 하기도 하고 동지이게
하기도 하는
물질이 있는 것이다 그 깊이와 역사가 있는 것이다

거기에는 꽃이 있고 이슬이 있고 바람의 숲이 있되

인간 없는 자연 따위는 없다 거기에는

인간이 있되 계급 없는 인간 일반 따위는 없다 거기에는

관념이 조작해낸 천상의 화해도 없다

그들 시에서 십자가와 성경은 하나의 재앙이었다 적어도 가난뱅이들에게는

보라 하이네를

보라 마야꼬프스끼를

보라 네루다를

보라 브레히트를

보라 아라공을

사랑마저도 그들에게는 물질적이다 전투적이다 유물론적이다

그들은 소네트에서 천사를 노래했으되

유방 없는 천사를 노래하지 않았다

그들은 연애시에서 비너스를 노래했으되

궁둥이 없는 비너스를 노래하지 않았다

그들은 노래했다 꿀맛처럼 달콤한 입술을

술맛처럼 쏘는 입맞춤의 공동묘지를

그들은 노래했다 박꽃처럼 하얀 허벅지를 그 부근에서

은밀하게 장미향을 피워내며 끊임없이 흐르는 갈증의
샘을

나는 자신한다 감히 다른 것은 자신 못해도

밤으로 낮으로 형이상학적으로 이마에 내천자를 그리
며

육체의 허무를 탄식하는 도덕군자들도 그들의 시를 읽
으면

느끼게 될 것이다 빳빳하게 일어서는 아랫도리의 물질
로

나는 자신한다 감히 다른 것은 자신 못해도

플라토닉 러브 어쩌고저쩌고 하는 순수 여류시인들도

그 시를 읽고 감격해 마지않는 신사 숙녀 여러분들도

알게 될 것이다 그들의 시를 읽으면

자기들도 관념이 조작해놓은 위선의 인간이 아니라는 것을

　축축하게 젖어드는 아랫도리의 물질로 알게 될 것이다

田論을 읽으며

이백년 전 그대는

한 왕조의 치욕으로 태어나

조선의 자랑으로 살아 있습니다

가슴속 핏속에 살아 흐르고 있습니다

귀양살이 18년 혹한 속에서도 그대는

만 권의 책 탑으로 쌓아놓고 고금동서를 두루두루 살

피셨습니다

그 위에 다시 압권을 저술하여

한 시대의 거봉으로 우뚝 솟아 있습니다

나라 걱정 백성 사랑 꿈엔들

한시라도 잊으신 적 있었으리요마는

때로는 탁한 세상 하 답답하여

탐진강 강물에 붓대를 휘저었습니다

애절양(哀絶陽)이여 애절양이여 애절양이여

그러나 어떤가요 그후 백여 년 지금은

여전히 농민은 토지로 밭을 삼아 땀 쏟아 일구고

여전히 벼슬아치는 백성을 밭으로 삼아 등짝을 벗겨

먹고 있으니

　한 시대의 굴욕으로 태어나

　식민지 감옥에서 15년을 죽고 있는 나는

　책 한 권 책답게 볼 수 없고

　글 한 줄 적어둘 종이 하나 없습니다

　흙 한 줌 사랑으로 만질 수 없고

　햇살인들 한 줄기 쬐일 수 있겠습니까

　아, 다산이여 다산이여

　그대 어둔 밤 조국의 별로 빛나지 않는다면

　내 심사 이 밤에 얼마나 황량하리요

　어느 세월 밝은 세상 있어 그대 전론(田論)을 펴고

　주린 백성 토지 위에 살찌게 하리요

녹두장군

무엇 때문일까
백년 전에 죽은 그가 아니 죽고
내 안에 살아 있는 것은
내 가슴에 내 핏속에 살아 숨쉬고
맥박처럼 뛰는 것은

그도 내 아버지의 아버지처럼
서너 마지기 논배미로 평생을 살았던 가난한 농부였기
때문일까
나와 같이 그 사람도 한때는
글줄이나 읽었던 서생이었기 때문일까

무엇 때문일까
천석꾼 만석꾼 큰부자도 아녔던 그가
가난한 이들의 기억 속에 남아 있는 것은
무엇 때문일까
구척장신 불세출의 영웅호걸도 아녔던 그가

녹두꽃이라 녹두장군이라 인구에 회자된 것은
백년 동안 민중의 가슴속에 남아
답답할 때면 노래 되어 그들의 입에 오르내리고
캄캄한 밤이면 별이 되어 그들의 머리 위로 떠오르는
것은
무엇 때문일까

나는 본다
들것에 실려 서울로 압송되어가는 그의 얼굴에서
두 개의 눈을 본다
양반과 부호들에 대한 증오의 눈과
가난한 민중에 대한 사랑의 눈을

최익현 그 양반

최익현 그 양반 마음 한번 먹으면
굽힐 줄 몰랐다 불의에는
도끼들고 대드는 그런 위인이었다
그 양반 비록 유생으로서
생각이야 고리타분한 데가 없지 않았으되
서양 문물 하나는 틀리게 보지 않았다
나라 망해가는 꼴 하나는 제대로 봤다
그래서 최익현 그 양반
왜놈들이 통상과 개항을 강요할 때
나라의 통치배들이 그들과 무릎을 맞대고
담판인지 뭔지 화친인지 뭔지
고개를 조아리기도 하고 쳐들기도 할 때
눈알 부라리고 팔 걷어붙이고 붓에 힘을 주어
나라 망하게 하는 다섯 가지 이유를 열거하였는바

가로되 그 하나인즉슨
화친이 놈들의 구걸에서 나왔으면 모르되

우리에게 힘이 있어 놈들을
넉넉히 제압할 수 있는 데서 나왔으면 모르되
겁이 나서 화친에 굴복한다면
그후 놈들의 끝없는 욕심을 어떻게 채울 것인고

가로되 그 둘인즉슨
놈들의 물건은 죄다 기이하고 사치한 것들이고
우리의 물건은 모두 백성들의 생활에 절실히 필요한
것들이니
통상하고 몇해 못 가서 더는 지탱할 수 없을 것이니
그때 가서는 나라도 망할 것이로다

가로되 그 셋인즉슨
놈들이 비록 왜놈들이라 하지만 실제로는 서양 도적들
이니
한번 화친하면 예수교가 전파되어
나라가 온통 그들로 득시글득시글할 것이니

이것이 나라를 망하게 하는 이유가 아니고 무엇일꼬

가로되 그 넷인즉슨
그들이 상륙하여 왕래하고 집을 짓고 살게 되면
재물과 아녀자를 자기들 소원대로 취할 터이니
이것이 나라 망치는 소이가 아니고 무엇인고

가로되 그 다섯인즉슨
그들은 재물과 여자만 알고 사람의 도리는 모르는 것
들인데
그들과 화친한다는 말은 무엇을 의미하는 것인고

뒷날 역사를 쓰는 사람이 있어
아무 해 아무 달에
서양 사람들이 조선에 와서
아무데서 맹약을 하였다고
붓을 들어 크게 쓴다면

이는 오랜 역사를 가진 우리나라가

하루 아침에 시궁창에 빠지는 것이라 할 것이로다

한 애국자를 생각하며

—그는 정치가는 아니었다 혁명가는 더욱 아니었다
그는 말 그대로 그냥 애국자였다

이국 만리

비바람 눈보라와 싸우며

평생을 나라의 독립 위해 바치고

돌아와 해방된 조국에서

설 자리가 없었던 사람

위에서도 아래서도 오른쪽에서도 왼쪽에서도

설 자리가 없었던 사람

그는 어떻게 되었는가

쓰러졌다

미군에 고용된 매국노들에게

황혼에 넘어진 거목처럼

삼팔선에 허리를 걸치고 쓰러졌다

머리는 위로 하고

다리는 아래로 하고

제3부

함께 가자 우리 이 길을

함께 가자 우리 이 길을
투쟁 속에 동지 모아
셋이라면 더욱 좋고
둘이라도 떨어져 가지 말자
함께 가자 우리 이 길을
앞에 가며 너 뒤에 오란 말일랑 하지 말자
뒤에 남아 너 먼저 가란 말일랑 하지 말자
열이면 열 사람 천이면 천 사람 어깨동무하고 가자
가로질러 들판 산이라면 어기여차 넘어주고
사나운 파도 바다라면 어기여차 건너주고
산 넘고 물 건너 언젠가는 가야 할 길
함께 가자 우리 이 길을
서산낙일 해 떨어진다 어서 가자 이 길을
해 떨어져 어두운 길
네가 넘어지면 내가 가서 일으켜주고
내가 넘어지면 네가 와서 일으켜주고
가시밭길 험한 길 누군가는 가야 할 길

에헤라 가다 못 가면 쉬었다 가자
아픈 다리 서로 기대며

나의 칼 나의 피

만인의 머리 위에서 빛나는 별과도 같은 것
만인의 입으로 들어오는 공기와도 같은 것
누구의 것도 아니면서
만인의 만인의 만인의 가슴 위에 내리는
눈과도 햇살과도 같은 것

토지여
나는 심는다 그대 살찐 가슴 위에 언덕 위에
골짜기의 평화 능선 위에 나는 심는다
평등의 나무를

그러나 누가 키우랴 이 나무를
이 나무를 누가 누가 와서 지켜주랴
신이 와서 신의 입김으로 키우랴
바람이 와서 키워주랴
누가 지키랴, 왕이 와서 왕의 군대가 와서 지켜주랴
부자와 와서 부자들이 만들어놓은 법이

법관이 와서 지켜주랴

천만에! 나는 놓는다
토지여, 토지 위에 사는 농부여
나는 놓는다 그대가 밟고 가는 모든 길 위에 나는 놓
는다
바위로 험한 산길 위에
파도로 사나운 뱃길 위에
고개 너머 평짓길 황톳길 위에
사래 긴 밭의 이랑 위에
가르마 같은 논둑길 위에 나는 놓는다
나는 또한 놓는다 그대가 만지는 모든 사물 위에
매일처럼 오르는 그대 밥상 위에
모래 위에 미끄러지는 입술 그대 입맞춤 위에
물결처럼 포개지는 그대 잠자리 위에
투석기의 돌 옛 사랑의 무기 위에
파헤쳐 그대 가슴 위에 심장 위에 나는 놓는다

나의 칼 나의 피를

오 평등이여 평등의 나무여

자유

만인을 위해 내가 일할 때 나는 자유
땀 흘려 함께 일하지 않고서야
어찌 나는 자유이다라고 말할 수 있으랴

만인을 위해 내가 싸울 때 나는 자유
피 흘려 함께 싸우지 않고서야
어찌 나는 자유이다라고 말할 수 있으랴

만인을 위해 내가 몸부림칠 때 나는 자유
피와 땀과 눈물을 나눠 흘리지 않고서야
어찌 나는 자유이다라고 말할 수 있으랴

사람들은 맨날
겉으로는 자유여, 형제여, 동포여! 외쳐대면서도
안으로는 제 잇속만 차리고들 있으니
도대체 무엇을 할 수 있단 말인가
도대체 무엇이 될 수 있단 말인가
제 자신을 속이고서

권력의 담

나는 나가야 한다 살아서
살아서 더욱 튼튼한 몸으로

나는 보여줘야 한다 나가서
나가서 더욱 의연한 모습을

나는 또한 보여줘야 한다 놈들에게
감옥이 어떤 곳이라는 것을
전사의 휴식처 외 아무것도 아니라는 것을
무기를 바로 잡기 위해
전선에서 잠시 물러나 있었다는 것을

보라 창살에 타오르는 이 증오의 눈을
보라 주먹으로 모아지는 이 온몸의 피를

장군들 이민족의 앞잡이들
압제와 폭정의 화신 자유의 사형집행자들

기다려라 기다려라 기다려라

나는 싸울 것이다 살아서 나가서 피투성이로

빼앗긴 내 조국의 깃발과 자유와 위대함을 되찾을 때
까지

토지가 농민의 것이 되고

공장이 노동자의 것이 되고

권력이 민주의 것이 될 때까지

사상에 대하여

새로운 사상은

썩고 병들고 만신창이가 되어

이제는 어떻게 손을 써볼 수가 없는 그런 세상에 태어
난다

이를테면 동학이 그러했다 반봉건싸움에서

새로운 사상은 그 초년에는

거리와 시장의 우스갯소리가 되기도 하고

사문난적이라 박해의 과녁이 되기도 한다

반역의 씨앗이 그 안에 들어 있기 때문이다

그래서 부자들은 그것을 멀리하고

굶주린 이들이 그것을 가까이 한다

사상은 노동의 대지를 그 밭으로 삼는다

처녀들은 깊숙한 곳에 호미로 그것을 파묻고

사내들은 억센 주먹으로 그것을 지킨다

밤이 그들의 옷이고 별이 그들의 미래다

고난의 긴 세월 낡은 껍질과의 싸움에서

새싹의 기운은 이기고

땅속 깊이 뿌리를 내려 지천으로 그 가지를 뻗는다
사상의 꽃이 아름다운 것은
민중의 피로 그것이 개화하기 때문이다
그 열매가 아름다운 것은
한 사람이 아니라 한두 사람이 아니라
만인의 입으로 그것이 들어오기 때문이다

脚註

헤겔은 어딘가에서
이런 말을 한 적이 있다

동방에서는 한 사람만이 자유로웠는데 지금도 그렇다
그리스 로마에서는 몇 사람이 자유로웠다
게르만 세계에서는 모든 사람이 자유롭다

마르크스는 어딘가에서
이런 말을 한 적이 있다

아시아적 봉건사회에서는 한 사람만이 자유로웠다
자본주의 사회에서는 몇 사람이 자유롭다
사회주의 사회에서는 만인이 자유로울 것이다

그러나 헤겔도 마르크스도
다음과 같이 각주 붙이는 것을 잊어버렸다

식민지 사회에서는

단 한 사람도 자유롭지 못하다고

사랑의 기술

여전히 건강하다니 마음 놓이오
그림을 곁들인 당신의 편지 볼 때마다 나는
지그시 두 눈 감고
내 어린 시절의 추억에 잠기곤 한다오
거기에는 굴레 벗은 망아지가 들판을 휘달리고 있기에
거기에는 꼴망태 옆에 차고 낫질하는 초동이 있고
거기에는 똬리끈 입에 물고 두레박을 내리는 소녀가
있기에
아 그때 당신의 가슴은 얼마나 부풀었던가
아 그때 나의 심장은 얼마나 두근거렸던가
별빛 쏟아지는 바위산 언덕의 입맞춤은 얼마나 알알했
던가

나 또한 잘 있고
꼬옥꼬옥 씹어 주먹밥 삭이고 아침저녁으로
바닥에 대가리 처박고 고뇌하는 조국 눈 부릅떠 본다오

과히 염려 마오
차마 다 살라구요
십년 너머 또 반십년을
기다림처럼 기약 없는 기다림처럼
사람을 더 아프게 하는 것이 없다고 하지만
아픔보다 넓은 공간 없고 피를 흘리는 아픔에 견줄 만
한 우주도 없다지
기다려요 기다리며 우리 배워가요
쇠사슬 달구어 칼을 벼리는 기술을
안팎으로 쑤셔 들쑤셔 증오의 벽 무너뜨리는 기술을
입술과 입술을 만나게 하고
가슴과 심장을 만나게 하고
형제와 누이와 아버지의 아들이
민중이 나라의 주인이 되게 하는 기술을

청승맞게도 나는

청승맞게도 나는
뻥끼통에 쭈그리고 앉아
유행가를 불렀다네

때는 마침 팔월 초순이라 철창 너머 하늘가에는
송편처럼 어머니의 반달이 걸려 있고 해서
나는 이런 노래를 불렀다네

감옥살이 몇 해던가 손 꼽아 헤어보니
고향 떠난 십여 년에 청춘만 늙어

재수 사납게도 나는 간수한테 들켜
나의 노래 미처 다 부르지 못하고
엎드려 볼기짝에 곤봉 세례를 받았다네
피멍든 맷자국 쓰럽게 쓰럽게 만지며
나는 철창에 기대어 남은 노래 마저 불렀다네

고향집에 대추나무 빨갛게 익으련만

철창 너머 바라보니 하늘은 저쪽

담 밖을 내다보며

흑산도라 검은 섬
암벽에 부서지는 하얀 파도 없다면
넘치는 바다 너 무엇에 쓰랴

전라도라 반란의 땅
폭정의 가슴에 꽂히는 죽창이 없다면
푸르고 푸른 대숲 너 무엇에 쓰랴

무엇에 쓰랴 이 젊음
산산이 부서져 한목숨 하얗게
혁명의 바다에 바치는 파도가 아니라면

무엇에 쓰랴 이 젊음
산산이 부서져 한목숨 푸르게
압제의 과녁에 꽂히는 죽창이 아니라면

살아라 한번 젊은 날의 기상이여

일망무제 넘치는 바다에 미쳐

타는 들녘 후두둑 떨어지는 녹두꽃 햇살에 미쳐

조국과 인민의 자유에 미쳐

길 2

길은 내 앞에 있다
나는 알고 있다 이 길의 시작과 끝을
그 역사를 나는 알고 있다

이 길 어디메쯤 가면
낮과 밤을 모르는 지하의 고문실이 있고
창과 방패로 무장한 검은 병정들이 있다
이 길 어디메쯤 가면
바위산 골짜기에 총칼의 숲이 있고
천길만길 벼랑에 피의 꽃잎이 있고
총칼의 숲과 피의 꽃잎 사이에
"여기가 너의 장소 너의 시간이다 여기서 네 할 일을
하라"
행동의 결단을 요구하는 역사의 목소리가 있다

그래 가자 아니 가고 내가 누구에게 이 길을 가라고 하랴
가고 또 가면 혼자 가는 길도 함께 가는 길이 되느니

가자 이 길을 다시는 제 아니 가고 길만 멀다 하지 말자

가자 이 길을 다시는 제 아니 가고 길만 험타 하지 말자

싸움

죽음에 값하는 싸움 하나 있기에
피흘리는 싸움에 값하는 죽음 하나 있기에 형제여
이 땅에서 나 벅찬 행복입니다 눈물입니다
삼월에서 사월로 사월에서 오월로
하나됨의 핏줄로
내달리고 쓰러지고 다시 일어나 아우성치는
크낙한 싸움 하나 있기에
죽음 위에 죽음 하나 쌓아올려 꽃봉오리로 살아 있기에
내 가슴은 숨가쁜 아름다움입니다 경이입니다
이 싸움 이어받아 한라에서 백두까지 밀어올릴 세월의
강이여
어절씨구 좋아라 지화자 좋아라
삼월의 아기 풍덩풍덩 사월의 냇가로 자라
오월의 나무로 씩씩합니다 당당합니다
하늘 향해 두 팔 벌린 잣나무 상수리나무 소나무 벗나무
우리나라 산에 들에 무궁무궁 금수강산입니다

무궁무궁 금수강산입니다 우리나라

한두 놈의 부패로 이제 금수강산 썩지 않습니다

한두 놈의 타락으로 이제 금수강산 더러워지지 않습니다

한두 놈의 탐욕으로 동해바다 고갈되지 않습니다

삼월의 아기 우리 아기 얼뚱아기여

이제 한두 번의 칼질로 울음 그치지 않습니다

한입으로 터지는 사월의 아우성이여

이제 한두 놈의 총소리로 지워지지 않습니다

뿌리내린 민중의 나무

무성한 잎사귀로 하늘을 덮는 오월의 나무 혁명의 나무여

이제 한두 번의 도끼질로 쓰러지지 않습니다

죽음이 싸움을 낳습니다

싸움을 낳는 죽음보다 아름다운 죽음은 없습니다

투쟁과 그날 그날

당신과 함께 생활하면서 나는 배웠습니다
아무리 사소한 일도 먼저 질서와 체계를 세우고
침착 기민하게 대처해나가는 기술을

천금을 주고도 살 수 없는 동지애로
당신은 나에게 가르쳐주었습니다 비판과
자기비판은 혁명을 바른 길로 인도하는 채찍이라는
것을
나는 보지 못했습니다 한번도
당신이 비판의 무기를 동지 공격의 수단으로 삼는 것을

끊임없이 당신은 학습하고
끊임없이 당신은 실천하고
그런 당신의 생활 속에서 나는 알았습니다
이론 없이 바른 실천 없고
실천 없이 바른 이론 있을 수 없다는 것을

당신은 사생활을 공생활에 종속시켰습니다
하루 스물네 시간을 오직 혁명에 신명을 바쳤고
꿈속에서도 당신은 조국의 미래를 걱정했습니다

대중을 사랑하고 신뢰함으로써
대중으로부터 사랑과 신뢰를 받고자 당신은 최선을 다
했습니다
그 이유를 당신은 이렇게 말했습니다
대중은 혁명을 떠받쳐주는 기반이고
혁명을 밀어주고 이끌어주는 원동력이고
최후까지 혁명을 지켜주는 철옹성이기 때문이라고

혁명의 이익을 위해서라면 당신은
어떤 일 무슨 짓이라도 해냈습니다 기꺼이 서슴없이
당신의 그런 행동 속에서 나는 새로운 자각에 이르렀
습니다
혁명에는 혁명에 고유한 도덕이 있다는

제 신발에 흙탕물이 묻는 것을 꺼려하고
적의 피로 제 손이 더럽혀질까 두려워하는 자는
아예 혁명의 길에 나서지 않는 게 낫다고
당신은 나에게 일러주었습니다

당신은 또한 나에게 가르쳐주었습니다
일분 일초를 어기지 않고 당신이 지켰던 약속으로
시간엄수는 규율엄수의 제일보라는 것을

위기의 순간에 당신은
혀를 깨물어 조직을 구하고
다문 입술로 당신은 나에게 말해주었습니다
비밀엄수는 조직사수의 최후 보루라고

철의 규율과
불굴의 의지로 단련된 바위
당신은 갔습니다 소위 저 세상으로

꼭 다문 당신의 입술을 통해 내가 말할 수 있는 것은
오직 한마디

"미래의 자식들을 위한 투쟁에서
오늘 죽음까지 불사했던 사람은 결코
사라지는 법이 없을 것이다
만인의 승리와 함께 그 이름은 별이 되어
지상에서 다시 살아날 것이다"

밥과 자유, 민족해방투쟁 만세!

삼팔선은 삼팔선에만 있는 것이 아니다

삼팔선은 삼팔선에만 있는 것이 아니다
어부가 그물을 던지다 탐조등에 눈이 먼 바다에도 있고
나무꾼이 더는 오르지 못하는 입산금지의 팻말에도
있고
동백꽃 까맣게 멍드는 남쪽 마을 하늘에도 있다

삼팔선은 삼팔선에만 있는 것이 아니다
사람들이 오고가는 모든 길에도 있고
사람들이 주고받는 모든 말에도 있고
수상하면 다시 보고 의심나면 신고하는
이웃집 아저씨의 거동에도 있다

삼팔선은 삼팔선에만 있는 것이 아니다
뜨는 해와 함께 일어나고
지는 달과 함께 자며
일하면 일할수록 가난해지는 농부의 팍팍한 가슴에도
있고

제 노동으로 하루를 살고 이틀을 살고
한 사람의 평등한 인간이고자 고개를 쳐들면
결정적으로 꺾이고 마는 노동자의 허리에도 있다
어디 그뿐이랴 삼팔선은
농부의 가슴에만 노동자의 허리에만 있으랴
그 가슴 그 허리 위에 거재(巨財)를 쌓아올리고
아무도 얼씬 못하게 철가시를 꽂아놓는 부자들의 담에
도 있고
그들과 한통속이 되어
자유를 혼란으로 바꿔치기하는
패자들의 남침위협 공갈협박에도 있다

니라가 온통 피문은 자유로 몸부림치는 창살
삼팔선은 나라 안에만 있는 것이 아니다 나라 밖에도
있다
바다 건너 마천루의 나라 미국에도 있고
살인과 약탈과 방화로 달러를 긁어모으는 그들의 군수

산업에도 있고

그들이 북으로 날리는 위장된 평화의 비둘기에도 있다

내력

찢어지게 가난한 마을에도
잘사는 집은 한두 채 있게 마련이지요
보릿고개 너머로 달 넘기고 해 넘기고
일년 삼백예순 날 목구멍에 거미줄까지는 안 치고
그작저작 질기게 명 이어가는 사람이 태반이지만
그래도 한두 집은 곳간에 나락 쟁여놓고
장리쌀에 빚돈까지 놓아가며 살게 마련이지요

첩첩산골 산비탈에 게딱지로 엎어져
거칠게 산사람처럼 어둡게 두더지처럼
옹기종기 이웃하고 사는 우리 마을에서
그래도 부자라면 제일 가는 부자는
이름처럼 천석꾼 만석꾼은 아니지만
이 비탈에 반달만하게 저 골짝에 멍석만하게
천둥지기 별똥지기로 아흔여섯 배미를 일군
만석이 아버지 천석이지요

만석이 아버지 천석이 어른 열두 살에서

스물일곱까지 15년 노총각으로

산너머 평지마을 고씨 집에서 꼴머슴 실머슴 한많은

종살이였지만

구부러진 환갑 조금 넘어 서른넷에

새벽에 눈뜨고 해뜰 때까지 세고 다녀도

똑바로 다 못 세는 그 많은 논배미 밭다랑을 장만할 수

있었던 것은

서산에 해 지고 달 지는 줄 모르고

고집스럽게 백사리처럼 일밖에 몰랐기 때문이지요

지게 지고 장에 가서 막걸리 한잔 안 걸치고

돌아올 때 꽁무니에 갈치 한 토막 안 달고 왔기 때문이

지요

비오는 날 공치는 날 온 마을이 도야지 잡아 추렴해도

비계 한 점 내장 한 근 사먹을 줄 몰랐기 때문이지요

자식들이 나오면 아들 딸 구별 않고 국졸로 끝내고

아들에게는 소 고삐 잡혀 딸에게는 바구니끈 잡혀

산으로 들로 내몰았기 때문이지요

이렇게 해서 된 부자 요즘 세상에는
눈 씻고 봐도 없지요 허리가 휘어지고
손가락이 쇠갈퀴 되도록 흙을 긁어모아도
재산 같은 것 불어나기는커녕
조금 있는 것마저 도둑쥐처럼 빠져나가지요
그래 천석이 아들 만석이도
흙 그만 파고 농사 따위 아예 작파해버리고
순석이 두석이처럼 대처로 나갈까 하다가
아버지의 만류도 있고 해서 멈칫멈칫하던 중
새마을 바람인가 헌마을 바람인가 불어서 그도
양잠인가 누에치긴가 하기 시작했지요
콩 심으면 콩 나고 팥 심으면 팥 나오는 밭에
여기저기 구덩을 파고 뽕나무를 심었지요
나라에서 권장하고 장려하는 일이라며 면서기가
손수 갖다준 묘목을 심었지요

봄이 가고 가을이 오고 무럭무럭 뽕나무도 자라서

이듬해 봄에는 뽕잎도 탐스럽게 열렸지요

그래서 가을에는 누에농사를 보겠다 싶어

온 식구가 달려들어 잠실도 짓고 섶도 올리고

그야말로 눈코 뜰 새 없이 허둥대는데

뽕나무 심으라 손수 뽕나무까지 갖다준 면서기가 와서

뽕나무 뽑고 다른 농사 지으라 했지요

수출길이 막혀서 그런다 했지요

"뭐이라고라우 어제는 심으락 해놓고 오늘 와서는 뽑

으라

누집 망쳐먹을라고 일부러 그러능거요?"

만석이의 삿대질에 면서기도 맞삿대질이었지요

"얻다가 삿대질인가 이 사람아

나라에서 시키고 상관이 시켜서 심으라고 했을 뿐인디

나한티 무슨 죄가 있다고 그러능가 응?"

이문 없는 농사에 뽕나무까지 동티나서

평생에 안 지던 빚까지 지고

피눈물나게 일구어놓은 전답까지 팔아조져야 할 판에

이번에는 5·17인가 뭔가 나더니

새 시대 새 인물인가 뭔가 나더니

비육운가 뭔가를 키워보라 했지요

우리 면에서 조건이 맞는 집은 만석이 자네 집밖에 없

다며

이번에는 조합 서기가 와서 권했지요

영농자금인가 뭔가 주어가면서까지

그래 밑져야 본전치기는 될 성싶어서

논 중에 제법 네모 반듯한 것 몇 마지기 팔아서

비육운가 뭔가를 하기로 했지요

새끼소 일곱 마리를 마리당 95만원에 샀지요

조합에서는 종합사론가 뭔가를 사다 먹이라고 했지요

턱도 없는 가격에 돈이 아까워서 시늉으로만 먹이고

온 식구가 동원되어서 풀을 베어 먹였지요

논에는 벼 대신 자운영을 길러 겨울에 먹이고

밭에는 옥수수를 심어 가을에 먹이고
3년을 먹여 엉덩이에 윤기가 돌게 살찌게 키워서
산 너머 다리 건너 쇠전에 내놓았지요
마리당 40만원인가 얼만가 했지요
온 식구가 대들어 3년간 키워놓은 어미소가
새끼소 반금도 안 되었지요
수입소 때문에 그런다 했지요 사람들은

아무리 찢어지게 못사는 마을에도 잘사는 집은
한두 채 있게 마련이지요
이제 그런 집 한 채도 없지요 눈 씻고 봐도 없지요
5·16인가 뭔가 나고 새마을인가 생기고
5·17인가 뭔가 나고 새 시대 새 인물인가 나고
아무리 잘사는 부자 마을에도
빚 안 지고 사는 집은 한 채도 없지요
우리 마을에서도 이제 부자라면 제일 가는 부자는
천석이 만석이네 같은 집이 아니지요

논 사서 소작 놓고 자기는 도회지에서 장사하는 사람
이지요
면에 가서 면서기라도 하는 사람이지요
조합에 가서 서기라도 하는 사람이지요
손에 흙 안 묻히고 침발라 돈이나 세거나
책상머리에서 펜대나 까딱까딱하는 사람이지요
천석이 만석이네 논도 그런 사람들이 사갔지요

권양에게

나는 당신을 모릅니다
당신의 이름도 당신의 얼굴도 알지 못합니다
내가 다만 아는 것은 당신에 대해서 아는 것은
당신의 성이 권씨라는 것
대학생이라는 것 위장취업잔가 뭔가라는 것
그런 당신이 노동자와 아픔을 나눠 가졌다는 것
바로 그 때문에 당신이
착취계급의 폭압기관에 끌려가 성고문을 당했다는 것
그뿐입니다

그런데 권양 내가 알기로는 이 알량한 자유대한에서
당신이 성고문을 당한 최초의 여성은 아닙니다
수많은 여성들이 처녀와 아이 밴 어머니들이
착취계급의 고문실에서 육체의 학대와 수모를 당했습
니다
벌거벗기를 강요당하고 그것을 거부하면
빨갱이 딸도 부끄러워할 줄 안다며 조롱당하고

실오라기 하나 걸치지 못한 채 젖가슴을 희롱당하고
수갑을 뒤로 채인 채 고문실의 칠성판에서 능욕당하고
그곳에 봉이 박혀 입을 벌린 채 숨을 거두었습니다

어떤 어머니는 집에 숨어든 유격대원에게
찬밥 한 덩이 치마 밑으로 건네줬다 해서 그랬습니다
어떤 소녀는 노동운동하는 오빠의 행적을 대지 않는다
해서 그랬습니다
어떤 처녀는 선두에 서서 자유만세를 불렀다 해서 그
랬습니다
독재를 거부하고 민주주의를 외쳤다 해서
불의에 저항하고 착취에 반대하여 주먹을 치켜들었다
해서 그랬습니다
질서와 안보의 이름으로 용공과 좌경과 반공의 이름
으로
아니 자유민주주의 이름으로 그랬습니다

권양 당신은 이 기막힌 대한민국에서

성고문을 당한 최초의 여성은 아니지만

최초로 성고문을 폭로한 여성입니다

나는 알았습니다 당신을 통해서 용기가 어떤 것이라는
것을

자기 희생이야말로 모든 용기의 으뜸이라는 것을

나는 또한 당신을 통해서 깨닫게 되었습니다

착취계급의 재산과 특권을 지켜주고 강화해주는 것은

한줌도 안되는 그들이 수천 수백만의 민중을 지배할
수 있는 것은

그들이 공장이며 기계며 토지며 은행이며 일체의 생산
수단을 독차지하고 있기 때문이기도 하지만

그들이 신문사며 방송국이며 학교며 교회며 일체의 대
중매체와 문화기관을 장악하고 있기 때문이기도 하지만

무엇보다도 그들이 경찰과 군대와 재판소와 감옥 등
국가의 폭력기관을 독점하고 있기 때문입니다

지배계급의 착취와 억압에 저항하는 사람은

체포되고 투옥되어 고문실에서 또는 감옥에서
물고문 전기고문으로 박종철군처럼 죽거나
권양처럼 성고문으로 치욕과 수모를 당하거나
나처럼 감옥에서 평생을 살아야 한다고
공포감을 이용하기 때문입니다

나에게는 갚아야 할 원수가 있소

꼭 십년이오 고향 떠나고
그동안 십년 동안 일가친척이 참 많이도 죽었소
아버지는 화병으로 돌아가셨소
내가 경찰에 쫓기는 몸일 때
매형은 농가부채에 눌려 농약을 먹었고
조카 하나는 공사장 높은 데서 떨어져 죽었소
그리고 내 동생 덕종이는
서른다섯의 나이에 아직 총각이오
당신의 말처럼 건장하고 성실하고 정직하고
우리 삼형제 중에서 제일 잘생겼는데 말이오
내가 용공인가 좌익으로 감옥에 있기 때문이오
아름다운 서울에 살지 못하고
곰보딱지 애꾸눈 언청이도 거부하는
농촌에서 흙농사를 짓고 살기 때문이오

꼭 6년이오 투옥되고
그동안 6년 동안 많은 동지가 죽었소

한 동지는 감옥에서 살해되었소
한 동지는 교살당했소 사형대에서
한 여성 동지는 아들과 함께 옥살이하다가 병사했소
그리고 지금도 많은 동지들이
이 감옥 저 감옥으로 끌려다니면서
갖은 학대와 병고에 시달리고 있소
민중의 조국을 사랑했기 때문이오
조직적으로 전투적으로 사랑했기 때문이오

당신은 나에게 물어왔소 석방되어도 한시도 적의
감시를 벗어나지 못할 것인데
나오면 어떻게 살 것이냐고
나에게는 원수가 있소 만난을 무릅쓰고 갚아야 할
노동이라곤 해본 적이 없어
비단결처럼 손바닥이 미끈한 자들
그 손으로 노동의 딸을 쾌락의 도구로 갖고 노는 자들

그 손으로 외적과 손을 잡고
제 민족 제 동포를 팔아먹는 자들
매판자본가들 매판관료들 매판군벌들
이들 매국노들을 민중의 불구대천의 원수들을
죽음을 불사하고 갚아야 할

수인의 잠

겨울이다

감옥의 해는 짧아 날은 벌써 저물고

밤이 와서 차가운 벽을 흙바람이 와서 때린다

그 소리 바람소리 내 귀에 와서 울고

그 소리 울음소리 내 가슴에 와서 떨고

나는 깐다 서둘러

얼음장 같은 마룻장 위에 가마니때기를 깔고

그 위에 다시

어머니가 넣어준 밤색 담요를 깔고

그 위에 다시

혼자 결혼한 여자가 넣어준 연두색 담요를 깔고

나는 담요와 담요 사이로 내 몸을 밀어넣는다

동상 걸린 발끝을 밀어넣고

시린 무릎을 밀어넣고

배와 허리를 밀어넣고

목에서 귀까지 밀어넣고

눈만 떴다 감았다 천장만 끔벅끔벅 쳐다본다

창살에 햇살이

내가 손을 내밀면
내 손에 와서 고와지는 햇살
내가 볼을 내밀면
내 볼에 와서 다스워지는 햇살
깊어가는 가을과 함께
자꾸자꾸 자라나
다람쥐 꼬리만큼은 자라나
내 목에 와서 감기면
누이가 짜준 목도리가 되고
내 입술에 와서 닿으면
그녀와 주고받고는 했던
옛 추억의 사랑이 되기도 한다

그랬었구나

아 그랬었구나
로마를 약탈한 민족들도
약탈에 저항한 사람들을 감옥에 처넣기는 했으되
펜과 종이는 약탈하지 않았구나 그래서
보에티우스 같은 이는 감옥에서
『철학의 위안』을 쓰게 되었구나

아 그랬었구나
캄캄한 중세 암흑기에도
감옥에는 불이 켜져 있었구나 그래서 그 밑에서
마르코 폴로는 『동방견문록』을 쓰게 되었고
세르반떼스는 『돈 끼호떼』를 쓰게 되었구나

아 그랬었구나
전제군주 짜르체제에서도 러시아에서도
시인에게서 펜만은 빼앗아가지 않았구나
소설가에게서 종이만은 빼앗아가지 않았구나

그래서 체르니셰프스끼 같은 이는 감옥에서
『무엇을 할 것인가』를 쓰게 되었구나

아 그랬었구나
일제식민지시대에서도
우리 민족을 노예로 전락시키고
우리 말 우리 성까지 빼앗아간
이민족의 치하에서도
감옥에서 펜과 종이를 빼앗아가지 않았구나
그래서 단재 신채호 선생 같은 이는 여순옥에서
『조선상고사』를 쓰게 되었구나
우리 말로 우리 역사를!

아 역사를 거꾸로 살 수 있다면 그렇게만 할 수 있다면
차라리 나는 고대 노예로 다시 태어나고 싶구나
차라리 나는 중세 농노로 다시 태어나고 싶구나
차라리 나는 일제치하에서 다시 태어나고 싶구나

펜도 없고 종이도 없는 자유대한에서 그 감옥에서 살기보다는

편지 4

사랑하는 이여 그 누가 묻거들랑
당신 남편은 어디 가고 없냐고 묻거들랑
말해주오 억압과 착취가 있는 곳에 갔다고

사랑하는 이여 그 누가 묻거들랑
당신 남편은 어디 가서 무얼 하냐고 묻거들랑
말해주오 총칼 메고 싸움터 갔다고

사랑하는 이여 그 누가 묻거들랑
당신 남편은 왜 아직 돌아오지 않냐고 묻거들랑
말해주오 지금 그는 감옥에 있다고
서슴없이 자랑스럽게 말해주오
몸은 비록 갇혔어도 혁명정신은 살아 있나니

이 가을에 나는

이 가을에 나는 푸른옷의 수인이다
오라에 묶여 손목이 사슬에 묶여
또 다른 곳으로 끌려가는

어디로 가는 것일까 이번에는
전주옥일까 대전옥일까 아니면 대구옥일까

나를 태운 압송차가
낯익은 거리 산과 강을 끼고
들판 가운데를 달린다

아 내리고 싶다 여기서 차에서 내려
따가운 햇살 등에 받으며 저만큼에서
고추를 따고 있는 어머니의 밭으로 가고 싶다
아 내리고 싶다 여기서 차에서 내려
숫돌에 낫을 갈아 벼를 베고 있는 아버지의 논으로 가
고 싶다

아 내리고 싶다 여기서 차에서 내려

염소에게 뿔싸움을 시키고 있는 아이들의 방죽가로 가
고 싶다

가서 그들과 함께 나도 일하고 놀고 싶다

이 허리 이 손목에서 오라 풀고 사슬 풀고

발목이 시도록 들길 한번 나도 걷고 싶다

하늘 향해 두 팔 벌리고 논둑길 밭둑길을 내달리고
싶다

가다가 숨이 차면 아픈 다리 쉬었다 가고

가다가 목이 마르면 샘물에 갈증을 적시고

가다가 가다가 배라도 고프면

하늘로 웃자란 하얀 무를 뽑아 먹고

날 저물어 지치면 귀소의 새를 따라 나도 가고 싶다 나
의 집으로

그러나 나를 태운 압송차는 멈춰주지를 않는다

내를 끼고 강을 건너 땅거미가 내리는 산기슭을 돈다

저 건너 마을에서는 저녁밥을 짓고 있는가 연기가 피
어오르고

이 가을에 나는 푸른옷의 수인이다

이 가을에 나는 푸른옷의 수인이다

아버지 별

아버지 돌아가신 날
쫓기는 몸이었던 나
타관 어디 구석에 숨어 있었습니다
숨도 크게 못 쉬고
불도 밝게 못 켜고

그리워도 고향이
찾아갈 수 없었던 나
어린 시절의 아버지 생각 때문에
아버지의 성장과 노동과 좌절이 준 중압 때문에
잠을 이루지 못하다가
아무도 몰래 일어나 나는
남녘으로 난 창을 열었습니다 거기 밤 하늘에
별 하나 가물가물 깜박이고 있었습니다

사로잡힌 몸이 되어
옥에 갇히고

어둠의 끝조차 보이지 않는 세상 끝에서
15년 징역살이를 시작하던 날
어느새 따라왔는지 그 별도
저만치 내 철창 밖에서 빛나고 있었습니다

그날 이후
이날 이때까지
날이 흐리고 눈보라가 창살을 때리고
밤이 깊도록 그 별이 철창 밖에서 빛나지 않으면
날이 새도록 나는 잠을 이루지 못합니다

건강 만세 1

건강이 나빠지고
몸이 말을 듣지 않으면
만사가 귀찮은 것이다
머리맡에 꿀단지가 있어도
쓰디쓴 한약단지로 보이고
손을 뻗으면 닿을 수 있는 곳에
연애처럼 재미있는 책이 있어도 집어지지 않는다
심지어 먹지 않으면 죽는 줄 빤히 알면서도
밥마저 웬수로 보이는 것이다
차라리 누운 채로 죽고 싶은 것이다

그러나 동지여
철창 속에 얼음장 같은 마룻장 위에
가마니때기 한 장 깔고
외로이 앉아 있을 동지여
닭도 오리도 소도 고양이도 그런 곳에 갇히면
사흘이 못 가 죽고 말 것이라는

그런 풍문이 들리는 곳에서
십년이고 이십년이고 살아 있는 한
영원히 갇혀 있을지도 모르는 동지여
건강을 소홀히 해서는 안된다오 전사는
어디를 가나 싸우는 사람이라오 숙명이라오
썩은 음식과 싸우고
모자란 운동시간과 싸우고 여름이면
뻥끼통의 구더기와 싸우고
모기와 빈대와 파리와 쥐며느리와 싸우고
겨울에는 새벽같이 일어나 얼음을 깨고
추위와 싸워야 한다오 냉수마찰로

그러니 동지여
손발을 움직이는 데 게을러서는 안된다오
그것은 스스로 건강을 해치는 이적행위라오
적은 우리를 아주 없애버리고 싶었던 것이라오
체포고 뭐고 조사고 뭐고 재판이고 뭐고

투옥이고 뭐고

현장에서 드르륵 갈겨버리고 싶었던 것이라오

그렇지 못했을 뿐이라오 그것이 불만이라오 그들에
게는

그래서 그들은 그대를 그런 곳에 처넣고

시름시름 앓다가 병사하거나 그냥

자연사하기를 바라고 있다오

온몸이 나른하게 풀어지는 해빙의 봄이오

몸과 마음에서 긴장을 풀어놓지 마오

방심이야말로 최악의 적이라오

건강 만세!

마지막 인사

오늘밤 아니면 내일
내일밤 아니면 모레
넘어갈 것 같네 감옥으로

증오했기 때문이라네
재산과 권력을 독점하고 있는 자들을
사랑했기 때문이라네
노동의 대지와 피곤한 농부의 잠자리를

한마디 남기고 싶네 떠나는 마당에서
어쩌면 이 밤이 이승에서 하는
마지막 인사가 될지도 모르니
유언이라 해도 무방하겠네

역사의 변혁에서 최고의 덕목은 열정이네
그러나 그것만으로 다 된 것은 아니네 지혜가 있어야
하네

지혜와 열정의 통일 이것이 승리의 별자리를 점지해준
다네
　한마디 더 하고 싶네 적을 공격하기에 앞서
　반격을 예상하고 그에 대한 만반의 준비가 되어 있지
않으면
　공격을 삼가게 패배에서 맛본 피의 교훈이네

　잘 있게 친구
　그대 손에 그대 가슴에
　나의 칼 나의 피를 남겨두고 가네
　남조선민족해방전선 만세!

제4부

학살 1

오월 어느날이었다
80년 오월 어느날이었다
광주 80년 오월 어느날 밤이었다

밤 12시 나는 보았다
경찰이 전투경찰로 교체되는 것을
밤 12시 나는 보았다
전투경찰이 군인으로 교체되는 것을
밤 12시 나는 보았다
미국 민간인들이 도시를 빠져나가는 것을
밤 12시 나는 보았다
도시로 들어오는 모든 차량들이 차단되는 것을

아 얼마나 음산한 밤 12시였던가
아 얼마나 계획적인 밤 12시였던가

오월 어느날이었다

1980년 오월 어느날이었다
광주 1980년 오월 어느날 밤이었다

밤 12시 나는 보았다
총검으로 무장한 일단의 군인들을
밤 12시 나는 보았다
야만족의 침략과도 같은 일단의 군인들을
밤 12시 나는 보았다
야만족의 약탈과도 같은 일군의 군인들을
밤 12시 나는 보았다
악마의 화신과도 같은 일단의 군인들을

아 얼마나 무서운 밤 12시였던가
아 얼마나 노골적인 밤 12시였던가

오월 어느날이었다
1980년 오월 어느날이었다

광주 1980년 오월 어느날 밤이었다

밤 12시
도시는 벌집처럼 쑤셔놓은 심장이었다
밤 12시
거리는 용암처럼 흐르는 피의 강이었다
밤 12시
바람은 살해된 처녀의 피묻은 머리카락을 날리고
밤 12시
밤은 총알처럼 튀어나온 아이의 눈동자를 파먹고
밤 12시
학살자들은 끊임없이 어디론가 시체의 산을 옮기고 있
었다

아 얼마나 끔찍한 밤 12시였던가
아 얼마나 조직적인 학살의 밤 12시였던가

오월 어느날이었다
1980년 오월 어느날이었다
광주 1980년 오월 어느날 밤이었다

밤 12시
하늘은 핏빛의 붉은 천이었다
밤 12시
거리는 한 집 건너 울지 않는 집이 없었고
무등산은 그 옷자락을 말아올려 얼굴을 가려버렸다
밤 12시
영산강은 그 호흡을 멈추고 숨을 거둬버렸다

아 게르니카의 학살도 이렇게는 처참하지 않았으리
아 악마의 음모도 이렇게는 치밀하지 못했으리

학살 2

몸매가 작아 내 누이 같고
허리가 길어 내 여인 같은 나라여
누구의 하늘도 침노한 적이 없고
누구의 영토도 넘본 적이 없는
비둘기와 황소의 나라 내 조국이여
누가 너를 남과 북으로 갈라놓았느냐
누가 네 마을과 네 도시를
아비규환의 아수라로 만들어놓았느냐
누가 허리 꺾인 네 상처에
꽃잎 대신 철가시바늘을 꽂아놓았느냐
판문점에서 너를 대표한 자 누구이며
도마 위에 너를 올려놓고 초 치고 장 치고 포 치고 차
치고
내 조국의 운명을 요리하는 자 누구냐
입으로는 자유와 평화를 사랑하고
뒷전에서는 원격 조정의 끄나풀로 꼭두각시를 앞장
세워

제 조국의 해방과 독립을 위해 싸우는 민중들을

계획적으로 학살하는 아메리카여

보아다오, 너희들과 너희들 똘마니들이 저질러놓은 범죄를

보아다오, 음모와 착취로 뒤덮인 이 땅을

보아다오, 너희들이 팔아먹은 탄환으로 벌집투성이가 된 내 조국의 심장을

살아남은 자들이 있어야 할 곳

한 나라의 대통령이란 자가
외적의 앞잡이이고
수천 동포의 학살자일 때
살아남은 사람들이 있어야 할 곳
그곳은 어디인가
전선이다 감옥이다 무덤이다
도대체
동포의 살해 앞에서 저항하지 않고
누가 있어 한낮의 태양 아래서 자유로울 수 있단 말인가
누가 있어 한밤의 잠자리에서 편할 수 있단 말인가

동지여
제국주의에 반대하여 싸우지 않고
압제와 착취에 시달리는 민중들을 옹호하여
무기를 들지 않는다면
혁명의 새벽을 어디서 찾을 것인가

오월 그날이 다시 오면

1

여러분 일어나주십시오
광주교도소 3사 하에 계신 여러분
일어나 잠시 철창가에 서주십시오
오늘은 그날입니다 3년 전
1980년 5월 그날입니다
그날이 오면 5월 그날이 다시 오면
우리 가슴에 붉은 피 솟는 날입니다
우리 주먹에 증오의 힘 모아지는 날입니다

오늘은 그날입니다 여러분
자유 달라 벌린 입에 압제자가
미제 총알을 먹인 바로 그날입니다
오늘은 그날입니다 여러분
밥 달라 벌린 입에 착취자들이
미제 수류탄을 먹인 바로 그날입니다

오늘은 그날입니다 여러분

통일의 노래 부르다가 어여쁜 처녀들이

미제 대검에 그 하얀 젖가슴 난도질당한 바로 그날입
니다

오늘은 그날입니다 여러분

독재타도 외치다가 피끓는 청년학생들이

미제 총칼에 그 붉은 가슴 벌집투성이가 된 바로 그날
입니다

생존권 보장하라 아우성치다가 노동자 농민들이

이름도 없이 얼굴도 없이 능지처참으로

미제 트럭에 실려 어둠 속으로 끌려간 바로 그날입니다

그날입니다 오늘은

1980년 5월 그날입니다 오늘은

학살에 치를 떨며 광주 시민들이 들고 일어선 바로 그
날입니다

선생과 학생들이 책가방을 내던지고 횃불을 들고

새벽을 향해 밤으로 일어선 바로 그날입니다

신부와 목사가 성경책 대신 십자가 대신

주먹을 치켜들고 일어선 바로 그날입니다

화이트칼라 사무원들이 서류철을 내동댕이치고

팔소매 걷어붙여 일어선 바로 그날입니다

직공들은 철공소에서 망치를 들고 일어서고

농부들은 들녘에서 낫과 호미를 들고 일어선 바로 그
날입니다

운전사들은 거리에서 차를 세워 일어서고

아가씨들은 술집에서 주먹밥을 뭉쳐 일어선 바로 그날
입니다

어머니들은 부엌에서 식칼을 들고 일어서고

할머니들은 우리 새끼들 다 죽인다아 군인들이!

목청에 피를 토하면서 꼬꾸라지면서 일어선 바로 그날
입니다

여러분 오늘은 그날입니다

3년 전 5월 그날입니다

그날이 오면 오월 그날이 다시 오면

자유만세 부르다 죽은 그 사람 그 얼굴이 그리워지는
날입니다

통일의 노래 부르다 죽은 그 사람 그 목소리가 그리워
지는 날입니다

생존권 보장하라 외치면서

무기와 함께 쓰러진 그 사람 그 이름을 불러보고 싶은
날입니다

그 사람 그 얼굴 기리기 위해

그 사람 그 목소리 기리기 위해

그 사람 그 이름 기리기 위해

일어나 우리 함께 묵념합시다

오월 그날이 다시 오면

우리 가슴에 붉은 피 모으며

오월 그날이 다시 오면

우리 주먹에 증오의 힘 모으며

2

여러분 이제 앉아주십시오
앉아서 잠시 제 말씀 들어주십시오
5월 그날 누가 가장 잘 싸웠습니까
압제에 반대하여 자유를 위해
착취에 반대하여 밥을 위해
학살에 반대하여 밥과 자유와 민주주의를 위해
누가 과연 최후까지 싸웠습니까
가장 잘 배운 그런 사람들이었습니까
아니면 아니라고 소리쳐주십시오
가장 많이 아는 그런 사람들이었습니까
아니면 아니라고 소리쳐주십시오
가장 많이 가진 그런 사람들이었습니까
아니면 아니라고 소리쳐주십시오
오월 그날 착취와 압제와의 싸움에서
무기를 들고 최후의 그날까지

승리 아니면 죽음을 외치며 싸운 사람은

가장 잘 싸운 사람은

여러분처럼 배운 것이 없는 그런 사람들이었습니다

여러분처럼 아는 것이 없는 그런 사람들이었습니다

여러분처럼 가진 것이 없는 그런 사람들이었습니다

가장 많이 일하고 가장 적게 받는 공장의 노동자들이
었습니다

가장 힘든 일을 하고 일년 삼백예순 날

쉬는 날 하루도 없는 들녘의 농민들이었습니다

가장 힘하게 일하고 매일처럼

가장 천하게 일하고 매일처럼

천길 굴 속에서 빠져 죽는 광부들이었습니다

만길 하늘에서 떨어져 죽는 현장 인부들이었습니다

배운 것이라고는 여러분처럼

부잣집 담밖에 넘을 줄 모르는 그런 사람들도 있었습
니다

아는 것이라고는 여러분처럼

니기미 씨팔! 좆같은 세상밖에 모르는 그런 사람들도
있었습니다
가진 것이라고는 여러분처럼
손 달리고 발 달린 몸뚱이 하나밖에 없는 그런 사람도
있었습니다
몸 팔아 상품으로 팔아 쾌락의 도구로 팔아
배운 자들 아는 자들 가진 자들 좋은 일 시켜주고
하루 세끼 겨우 빌어먹는 그런 사람들도 있었습니다

여러분 무엇이 그들로 하여금
최후까지 싸우게 했겠습니까
선생들은 학생들은 책가방을 던지고
어둠 속에서 횃불을 들기는 했지만
목사들은 신부들은 십자가를 던지고
주먹을 불끈 쥐고 한길에 나서기는 했지만
화이트칼라 신사들은 서류뭉치를 던지고
팔소매를 걷어붙이고 길가에 나서기는 했지만

무기를 들지는 않았습니다 그들은
하늘에 종이 비둘기밖에 날릴 줄 몰랐습니다 그들은
가슴에 십자가밖에는 그을 줄 몰랐습니다 그들은
대지에 무릎을 꿇을 줄밖에 몰랐습니다 그들은
여러분 무엇이 그들로 하여금
가진 것 없는 노동자 농민들로 하여금
배운 것 없는 무식쟁이들로 하여금
아는 것 없는 부랑아들로 하여금
죽기 아니면 살기로 최후까지 싸우게 했겠습니까

그들에게는 선생이나 학생들처럼 뒤돌아봐야
은행에 부어놓고 온 적금 따위가 없었기 때문입니다
그들에게는 목사나 신부들처럼 뒤돌아봐야
그림 같은 집 같은 것이 없었기 때문입니다
그들에게는 화이트칼라 신사들처럼 뒤돌아봐야
느긋하게 발 뻗고 쉴 수 있는 방 같은 방이 없었기 때
문입니다

앞으로 나아가야

죽기 아니면 살기로 앞으로 전진해야 싸워야

죽기 아니면 살기로 싸워야 무기를 들고 최후까지 싸워야

그들에게는 그런 것들이 생기기 때문이었습니다

가진 자들만이 배운 자들만이 아는 자들만이

독점으로 누릴 수 있었던 것

자유 밥 평화 행복 그따위 것들을

그들도 한번 누릴 수 있으리라 기대했기 때문입니다

여러분들처럼 그들도 뒤를 돌아봐야

잃어서 아까울 게 아무것도 없었기 때문입니다

잃을 것은 압박과 가난의 쇠고랑밖에 없었기 때문입니다

한 사람의 죽음으로
박관현 동지에게

혼자서 당신이 단식을 시작하자
물 한 모금 소금 몇 알로
사흘을 굶고 열흘을 버티자
어떤 이들은 당신을 웃었습니다
배고픈 저만 서럽제 그러며

밤으로 끌려가 어딘가로 끌려가
만신창이 상처로 당신이 돌아오자
돌아와 앓는 소리 끙끙으로 사동을 채우자
어떤 이들은 당신을 웃었습니다
맞은 저만 아프제 그러며

물 한 모금 소금 몇 알로
끼니를 때우고 스무 날 마흔 날을 참다가
심근경색으로 당신이 숨을 거두자
어떤 이들은 당신을 웃었습니다
죽은 저만 불쌍하제 그러며

그러나 나는 보았습니다

그들이 냉수 한 사발로 타는 목 축이고

남은 물 그 물 손가락으로 찍어 세수하고

세수한 물 그 물로 양치질하고

여름이면 철창 밖으로 고무신을 내밀어 빗물을 받아

갈증을 풀던 그들이

당신의 죽음 그 덕으로 철철 넘치는 대야물에 세수하고

따뜻한 물로 십년 묵은 때까지 벗기는 것을

나는 보았습니다

낮이고 밤이고 일년 삼백예순 날

햇살 한 줄기 제대로 못 구경하던 그들이

푸르고 푸른 오월의 하늘 아래서

입이 째지도록 하품을 하고

겨드랑이에 날개라도 돋친 듯 기지개를 켜는 것을

나는 또한 보았습니다
주면 주는 대로 먹는 게 제 분수라 여기고
때리면 때린 대로 맞는 게 제 분수라 여기고
노예가 되라면 기꺼이 노예가 되었던 그들이
간수한테 대드는 것을 보았습니다

반말을 한다고 항의하는 것을 보았습니다
부식이 왜 이 모양 이 꼴이냐고
야단치는 것을 보았습니다 하루아침에
썩은 배추가 싱싱한 상추로 둔갑하여
그들의 식단에 오르는 것을 보았습니다

당신의 죽음으로 박관현 동지여
우스운 당신 한 사람의 죽음으로
만 사람이 살게 되었습니다
노예이기를 거부하고
싸우는 인간으로 살게 되었습니다

174

무덤 앞에서

상원아 내가 왔다 남주가 왔다
상윤이도 같이 왔다 나와 나란히 두 손 모으고
네 앞에 네 무덤 앞에 서 있다

왜 인제 왔느냐고? 그래 그렇게 됐다
한 십년 나도 너처럼 무덤처럼 캄캄한 곳에 있다 왔다
왜 맨주먹에 빈손으로 왔느냐고?
그래 그래 내 손에는 꽃다발도 없고
네가 좋아하던 오징어발에 소주병도 없다
지금은 그럴 때가 아니다 아직

나는 오지 않았다 상원아
쓰러져 누운 오월 곁으로 네 곁으로
나는 그렇게는 올 수 없었다
승리와 패배의 절정에서 웃을 수 있었던
오 나의 자랑 상원아
나는 오지 않았다 그런 네 앞에 오월의 영웅 앞에

무릎을 꿇고 가슴에 십자가를 긋기 위하여
허리 굽혀 꽃다발이나 바치기 위하여
나는 네 주검 앞에 올 수가 없었다
그 따위 짓은 네가 용납하지도 않을 것이다

나는 왔다 상원아 맨주먹 빈손으로
네가 쓰러진 곳 자유의 최전선에서 바로 그곳에서
네가 두고 간 무기 바로 그 무기를 들고
네가 걸었던 길 바로 그 길을 나도 걷기 위해서 나는
왔다

그러니 다오 나에게 너의 희생 너의 용기를
그러니 다오 나에게 들불을 밤의 노동자를
그러니 다오 나에게 민중에 대한 너의 한없는 애정을
압제에 대한 투쟁의 무기 그것을 나에게 다오

개털들

오선생이 나갔다
20여년 만에 담 밖으로
며칠 전에 경북고 서울대 동창생들이 면회 왔다더니
그래서 멀지 않아 곧 나가게 될 것이라고
소문이 옥내에 파다하게 돌더니
정말 나갔다 포승 풀려 자유의 몸으로

김근태도 나갔다
얼마 전에 케네디상인가 인권상인가 받았다더니
그래서 틀림없이 나가게 될 것이라고
자신들이 만만하더니
더이상은 미국의 압력을 견디지 못할 것이라고들 하
더니
정말 나갔다 사슬 풀려 자유의 몸으로

재일교포도 나갔다
일본에서 내놓으라고 떠들썩하다고 그러더니

어떤 교포는 돈도 쓰고 약도 쓰고 했으니까 이번에는
꼭 나가게 될 것이라고 그러더니
영락없이 나갔다 족쇄 풀려 자유의 몸으로

남은 것은 개털들뿐이다
나라 안에 이렇다 할 빽도 없고
나라 밖에 저렇다 할 배경도 없는
개털들만 남았다 감옥에

살아남아 다시 한번 칼자루를 잡기 위해서

물론
싸울 줄 알아야 하고
죽을 줄도 알아야 하지
하지만 과연 그가 혁명가라면
살아남을 줄도 알아야 해
고립무원 첩첩산중에서 산적이라도 만났을 때는
아낌없이 가진 것 내줄 줄 알아야 해
아나 이것이나 처먹어라
개떡인 양 한 점 붉은 살점이라도
선뜻 던져줄 줄 알아야 해
자기를 죽일 줄 알아야 해
살아남기 위해서 살아 살아
다시 한번 칼자루를 잡기 위해서

그러나 나는 잘된 일인지 못된 일인지

고등학교 2학년 때의 일이야
어쩌다 나는 영어시험에서 일등을 했지
그때 우리 담임선생님이 나더러 뭐라 했는 줄 알아
육사에 가라는 것이었어 군인이 되라는 것이었어
그래야 돈 없고 빽 없는 나 같은 놈에게도
출세길이 훤하게 열린다는 것이었어
지금도 달라진 게 없지만 하기야 그때만 해도
총구가 대통령을 만드는 그런 시절이었는지라
군인들 끗발이면 누르지 못할 것이 없었지
그러나 나는 잘된 일인지 못된 일인지
그 끗발 좋다는 군인의 길로 들어가지 않았어
만약 그때 선생님 말씀대로 군인이 되었더라면
나는 어떤 사람이 되어 있을까 지금쯤
달러에 팔려 용병으로 월남 같은 나라에 가서
제 민족의 해방을 위해 싸우는 베트콩깨나 작살냈을
역전의 용사가 되어 있을지도 모르지
공수부대에 편입되어 광주 같은 도시에 가서

자유 달라 벌린 시민의 입에 총알깨나 먹이고
훈장을 받은 국가유공자가 되어 있을지도 모르고

세상에

자유당 때 한창
때려잡자 공산당 할 때
열찻간에서 이런 일이 있었지요
미처 자리를 잡지 못한 승객이
벌써 자리를 잡고 편하게 앉아 있는 사람들이 미워서
그들 중 아무나 하나 지목하여
마침 통로를 지나가는 헌병에게 고발했지요
저 사람은 우리 동네 사람인데 빨갱입니다
지목받은 사람은 당장에
헌병한테 끌려 어디론가로 사라졌고
지목한 사람은 그가 떠난 자리에 앉아
편하게 편하게 목적지까지 갔고요

공화당 때 한창
유신반대 데모로 거리가 어수선할 때
포장마차집에서 이런 일이 있었지요
어떤 손님이 술에 취해 박정희에 취해

공화당 만세라고 부른다는 것이 혀가 말을 듣지 않아
공산당 만세라고 불러버렸지요
그래서 그는 평소에 공산주의 사상을 포지한 자가 되어
3년 동안 감방 신세를 지게 되었지요

민정당 때 한창
새 시대에 새 인물이 났다 하여 매스컴이 떠들썩할 때
산 속의 여관에서 이런 일이 있었지요
등산객 세 사람이 관광지도를 펴놓고
이쪽으로 마냥 가면 금강산이 나오겠지라고 했는데
마침 지나가던 여관 주인이 그 말을 듣고 신고했지요
그래서 그들은 월북기도죄가 적용되어
각각 2년 6개월의 형을 받았지요

그때나 이때나
우리나라 사람들 공산당 되기 쉬운 나라지요
우리나라처럼 감옥 가기 쉬운 나라 없지요 세상에

나이롱 박수

꽃잎처럼 금남로에 뿌려진 너의 붉은 피
두부처럼 잘려나간 어여쁜 너의 젖가슴
철창에 서서 내가 이렇게 오월의 노래를 부르자
맞은편 사동의 소년수 하나가 따라 불렀다
소리내어 감히 부르지는 못하고 방긋방긋 붕어입으로
그리고는 한다는 소리가 아저씨 아저씨
우리도 하고 싶은데요 그러면 벌방 가요
손으로 나팔을 만들어 속삭이며 미안해했다

광주학살 두목 전두환을 처단하자
광주학살 지령한 양키들을 몰아내자
철창에 대고 내가 이렇게 구호를 외치자
맞은편 사동의 소년수 하나가 따라 외쳤다
소리 질러 감히 외치지는 못하고 성난 얼굴로만
그리고는 한다는 소리가 아저씨 아저씨
우리도 하고 싶은데요 그러면 벌방 가요
손으로 나팔을 만들어 속삭이며 부끄러워했다

오일팔 광주사태를 계기로 해서 우리는……
오일팔 광주항쟁의 패배에서 우리가 얻은 교훈은……
철창 밖으로 내가 이렇게 선전선동을 하자
맞은편 사동의 소년수 하나가 고개 숙여 듣고 있었다
그리고는 고개 들어 한다는 소리가
아저씨 아저씨 아저씨는 시인이지요
그러니까 썰 하나는 잘 푸네요 잉
그리고는 나이롱 박수로 남몰래 응원을 보냈다

쌀 한 톨

남녘에 와서 북녘의 사람들
10년
20년
30년도 넘게
옥살이하고 있지요
그들에게는 면회 올 가족도 없고
편지 한 장 주고받을 주소도 없지요

개나 돼지를 가둬두면
삼년도 못 가 죽고 말 것이라는 그런 곳에서
나도 그들과 한 십년 이웃하여 살았지요
이웃하여 살면서 남과 북은 서로 말은커녕
눈인사도 제대로 주고받지 못했지요
그러나 우리는 간수 몰래 김치도 나눠 먹고
남녘의 노래 북녘의 노래 바꿔 부르기도 했지요
그동안 십년 동안 우리들 사이에는
숨가쁘게 벅찬 순간도 있었지요

북녘에서 키운 쌀이 남녘의 땅에 오시던 날이었지요
아 그날 우리는 얼마나 가슴 설렜던가
쌀 한 톨 손바닥에 올려놓고 깨물어볼 수는 없을까
하고
평안도 어디가 고향이라는 강태욱 선생님은
그 꿈에 부풀어 철창을 부여잡고 흐느껴 울기까지 했
지요
그러나 끝내 북녘 사람들의 소원은 이루어지지 않았고
미전향좌익수가 되어 대전교도소로 이감을 갔지요

그날 남과 북이 갈라지던 날
철창을 사이에 두고 우리는 약속 하나 했지요
남과 북이 하나가 되는 날 그날이 오면
우리 다시 쌀 한 톨로 만나 헤어지지 말자고

재순이네

저렇게 많은 별이 있구나 하늘에는
그것도 모르고 갑석이 마누라는 일만 하는구나
늦도록 밤늦도록 아이고 허리야
허리 한번 못 펴고 손톱 끝이 보이지 않을 때까지

저렇게 많은 논과 밭이 있구나 땅에는
그것도 모르고 바보 갑석이는 고향을 뜨자는구나
지게질을 해도 서울로 가서 하자고
품팔이를 해도 대처에 가서 하자고

저렇게 많은 학교가 있구나 도시에는
그것도 모르고 재순이 아버지 갑석이는
재순이를 공장으로 내모는구나
열 살 먹은 막내까지 내모는구나

저렇게 많은 불빛이 있구나 강 건너 마을에는
그것도 모르고 재순이네는 다리 밑에 자리를 까는구나
마침 겨울이라 함박눈이 와서 그들을 덮어주는구나

신춘 덕담

통일로 가는 길에서
우선 우리가 해야 할 일은
얼핏 보아 겉으로는
우리인 것 같으면서도 속으로는
우리가 아닌 것이 있으니
나락 속의 피 같은 것이 있으니
그것을 우리가 가려내야 합니다
주머니 속의 칼 같은 것 있으니
그것을 우리가 찾아내야 합니다
귀신몰이 굿이라도 한마당 벌여서
돈귀신에 홀려서 남과 북을 왔다갔다하는
재벌귀신을 쫓아내야 합니다
선무당 불러서 칼춤이라도 추게 해서
재벌귀신과 한패가 되어 권력을 휘두르는
독불장군 총 든 장군 그 목을 쳐야 합니다

그러나 우리가 통일로 가는 길에서

정작으로 당장 해야 할 일은

휴전선 팔백리 삼팔선 따라

쇠붙이란 쇠붙이는 죄다 걷어내는 일입니다

부러진 날개의 새 피묻은 B29는

태평양 건너 아메리카로 보내고

그 자리에 영변의 약산 진달래가 피어나게 해야 합니다

녹이 슨 캐터필러 소련제 탱크는

압록강 뗏목에 실어 시베리아로 보내고

그 자리에 지리산 철쭉꽃이 만발하게 해야 합니다

그리하여 봄이 오면 평화의 마을에서

남남북녀가 통일의 초례청에서 맞절하게 하는 일입
니다

그런 날 우리가 마셔야 할 술은

조니워커도 아니고 보드카도 아닙니다

남녘의 쌀막걸리이고 북녘의 옥수수술입니다

그런 날 우리가 불러야 할 노래는

켄터키의 옛집도 아니고 볼가강의 뱃노래도 아닙니다
아리 아리랑 아라리요 몽금포타령입니다
그런 날 우리가 추어야 할 춤은
고고도 디스코도 아니고 마주르카도 아닙니다
도라지타령에 더덩실 보릿대춤입니다

봄날에 철창에 기대어

봄이면 장다리밭에
흰나비 노랑나비 하늘하늘 날고
가을이면 섬돌에
귀뚜라미 우는 곳
어머니 나는 찾아갈 수 있어요
몸에서 이 손발에서 사슬 풀리면
눈을 감고도 찾아갈 수 있어요 우리집

그래요 어머니
귀가 밝아 늘상
사립문 미는 소리에도 가슴이 철렁 내려앉고
목소리를 듣고서야 자식인 줄 알고
문을 열어주시고는 했던 어머니
사슬만 풀리면 이 몸에서 풀리기만 하면
한달음에 당도할 수 있어요 우리집

장성 갈재를 넘어 영산강을 건너고

구름도 쉬어 넘는다는 영암이라 월출산 천왕 제일봉도
나비처럼 훨훨 날아 찾아갈 수 있어요
조그만 들창으로 온 하늘이 다 내다뵈는 우리집

철창에 기대어

잡아보라고
손목 한번 주지 않던 사람이
그 손으로 편지를 써서 보냈다오
옥바라지를 해주고 싶어요 허락해주세요

이리 꼬시고 저리 꼬시고
별의별 수작을 다 해도
입술 한번 주지 않던 사람이
그 입으로 속삭였다오 면회장에 와서
기다리겠어요 건강을 소홀히 하지 마세요

15년 징역살이를 다하고 나면
내 나이 마흔아홉 살
이런 사람 기다려 무엇에 쓰겠다는 것일까
5년 살고 벌써
반백이 다 된 머리를 철창에 기대고
사내는 후회하고 있다오
어쩌자고 여자 부탁 선뜻 받아들였던고

고뇌의 무덤

나는 그린다 여인의 얼굴을
허공에 담배연기 속에 그 까만 눈을
내 고뇌의 무덤 그 하얀 유방과
달빛에 젖은 골짜기 그 축축한 허벅지를
눈을 감고 그린다 허공에 담배연기 속에

오 부챗살처럼 펼쳐지는 여인의 몸 밤의 잠자리여
입술을 기다리는 입술
팔을 기다리는 허리
가슴을 기다리는 가슴
오 귀가 멀수록 가깝게 들리는 그대 거친 숨결이여
나는 놓는다 나는 놓는다 나는 놓는다
그대가 마시는 모든 술잔에 나의 입술을
그대가 만지는 모든 사물에 나의 무기를
그대가 그리는 모든 그리움에 나의 노래를
깊고 깊은 골짜기에서 그대는 갈증의 샘처럼 흐르고
나는 땅속 깊이 그대를 파헤쳐 하늘 아래 별처럼
붉은 아기 하나 태어나게 하고 싶다

조국은 하나다

"조국은 하나다"
이것이 나의 슬로건이다
꿈속에서가 아니라 이제는 생시에
남 모르게가 아니라 이제는 공공연하게
"조국은 하나다"
권력의 눈앞에서
양키 점령군의 총구 앞에서
자본가 개들의 이빨 앞에서
"조국은 하나다"
이것이 나의 슬로건이다

나는 이제 쓰리라
사람들이 오가는 모든 길 위에
조국은 하나다라고
오르막길 위에도 내리막길 위에도 쓰리라
사나운 파도의 뱃길 위에도 쓰고
바위로 험한 산길 위에도 쓰리라

밤길 위에도 쓰고 새벽길 위에도 쓰고
끊어진 남과 북의 철길 위에도 쓰리라
조국은 하나다라고

나는 이제 쓰리라
인간의 눈이 닿는 모든 사물 위에
조국은 하나다라고
눈을 뜨면 아침에 맨처음 보게 되는 천장 위에 쓰리라
만인의 입으로 들어오는 밥 위에 쓰리라
쌀밥 위에도 보리밥 위에도 쓰리라

나는 또한 쓰리라
인간이 쓰는 모든 말 위에
조국은 하나다라고
탄생의 말 응아 위에 쓰리라 갓난아기가
어머니로부터 배우는 최초의 말 위에 쓰리라
저주의 말 위선의 말 공갈협박의 말……

신과 부자들의 말 위에도 쓰리라
악마가 남긴 최후의 유언장 위에도 쓰리라
조국은 하나다라고

나는 또한 쓰리라
인간이 세워놓은 모든 벽 위에
조국은 하나다라고
남인지 북인지 분간 못하는 바보의 벽 위에
남도 아니고 북도 아니고
좌충우돌하다가 내빼는 망명의 벽 위에
자기기만이고 자기환상일 뿐
있지도 않은 제3의 벽 위에
체념의 벽 의문의 벽 거부의 벽 위에 쓰리라
조국은 하나다라고
순사들이 순라를 돌고
도둑이 넘다 떨어져 죽은 부자들의 담 위에도 쓰리라
실바람만 불어도 넘어지는 가난의 벽 위에도 쓰리라

가난의 벽과 부의 벽 사이를 왔다갔다하면서

갈보질도 좀 하고 뚜쟁이질도 좀 하고

그래 돈도 좀 벌고 그래 이름 좀 팔리는 중도좌파의 벽

위에도 쓰리라

조국은 하나다라고

나는 또한 쓰리라

노동과 투쟁의 손이 미치는 모든 연장 위에

조국은 하나다라고

목을 베기에 안성맞춤인 ㄱ자형의 낫 위에 쓰리라

등을 찍어내리기에 안성맞춤인 곡괭이 위에 쓰리라

배를 쑤시기에 안성맞춤인 죽창 위에 쓰리라

마빡을 까기에 안성맞춤인 도끼 위에 쓰리라

아메리카 키 오 보이와 자본가의 국경인 산팔선 위에도

쓰리라

조국은 하나다라고

대문짝만하게 손바닥만한 종이 위에도 쓰리라
조국은 하나다라고
오색종이 위에도 쓰리라 축복처럼
만인의 머리 위에 내리는 눈송이 위에도 쓰리라
조국은 하나다라고
바다에 가서도 쓰리라 모래 위에
파도가 와서 지워버리면 나는
산에 가서 쓰리라 바위 위에
세월이 와서 긁어버리면 나는
수를 놓으리라 가슴에 내 가슴에
아무리 사나운 자연의 폭력도
아무리 사나운 인간의 폭력도
지워버릴 수 없게 긁어버릴 수 없게
가슴에 내 가슴에 수를 놓으리라
누이의 붉은 마음의 실로
조국은 하나다라고

그리고 나는 내걸리라 마침내
지상에 깃대를 세워 하늘에 내걸리라
나의 슬로건 "조국은 하나다"를
키가 장대 같다는 양키들의 손가락 끝도
언제고 끝내는 부자들의 편이었다는 신의 입김도
감히 범접을 못하는 하늘 높이에
최후의 깃발처럼 내걸리라
자유를 사랑하고 민족의 해방을 꿈꾸는
식민지 모든 인민이 우러러볼 수 있도록
겨레의 슬로건 "조국은 하나다"를!

조국

우리가 지켜야 할 땅이
남의 나라 군대의 발 아래 있다면
어머니 차라리 나는 그 아래 깔려
밟힐수록 팔팔하게 일어나는 보리밭이고 싶어요
날벼락 대포알에도 그 모가지 꺾이지 않아
남북으로 휘파람 날리는 버들피리이고 싶어요

우리가 걸어야 할 길이
남의 나라 병사의 군화 밑에 있다면
어머니 차라리 나는 그 밑에 밟혀
석삼년 가뭄에도 시들지 않는 풀잎이고 싶어요

우리가 이루어야 할 사랑이
남의 나라 돈의 무게 아래 있다면
어머니 차라리 나는 그 아래 깔려
가슴에 꽂히는 옛 사랑의 무기이고 싶어요

우리가 지켜야 할 땅이 흰둥이 군대의 발 아래 있고
우리가 걸어야 할 길이 깜둥이 병사의 발 밑에 있고
우리가 이루어야 할 사랑이 달러의 중압 아래 있고
마침내 우리가 불러야 할 자유의 노래가
점령군의 총검 아래서 숨쉬는 그림자라면
어머니 차라리 나는 차라리 나는
한 사람의 죽음이고 싶어요
천 사람 만 사람 일으키는 싸움이고 싶어요

병사의 밤

눈이 내린다 38선의 밤에
하얗게 내린 눈은 북풍한설에 날리고
바람은 울어 바람은 울어
가시철망 분단의 벽에서 찢어진다
내 귀에 와서 내 고막에 와서 아픔으로 터진다

눈은 밤새도록 내릴 것 같은 눈은
북을 향해 치달리다 허리가 끊긴 철길 위에도 내린다
눈은 하염없이 내리는 눈은
　총을 메고 북을 향해 서 있는 보초병의 철모 위에도 내
린다
　눈은 이제 바람이 자고 소리없이 쌓이는 눈은
　병사와 나를 잇는 뜨거운 시선 위에도 내린다

병사여 나는 불러본다 그대를
어디서고 볼 수 있는 내 이웃의 얼굴 같기에
병사여 나는 불러본다 그대 이름을

부르면 형 어쩐 일이요 하고 반겨올 것 같기에
서울로 팔려간 서림이의 작은오빠 같고
빚에 눌려 홧김에 농약을 마셨다는 서산마을 농부 같고
아무렇게나 불러도 좋은 다정한 동무 같기에

병사여 그대를 믿고 나는 물어본다
그대가 지키고 있는 이 밤은 누구의 밤이냐
호미 댈 밭 한 뙈기 없어
이 마을 저 마을로 품팔이하고 다니는 그대 어머니의
밤이냐
일자리 빼앗기고 거리에서 거리로
허공에서 허공으로 헤매는 그대 누이의 밤이냐
누구의 밤이냐 그대가 지키고 있는 이 밤은
미제 총을 메고 그대가 지키고 있는 이 밤은
그대 나라의 국경선이냐, 그렇다면 그렇다면
누구를 위한 국경선이냐 저 38선은

병사여 그대를 알고 나는 물어본다

그대는 누구의 밤을 지키는 용사냐

고향에 돌아가면 일구어야 할 땅 한 뙈기 없는 병사여

제대하면 누이를 찾아 가난의 거리를 헤매야 할 병사여

그대가 지켜야 할 땅은 재산은 어디에 있느냐

남의 나라 총을 메고 이 밤에 삭풍의 밤에

북을 향해 그대가 겨누고 있는 것은 무엇이냐

그대에게도 저 너머 38선 너머 조선의 마을에

자본가가 이를 가는 노동자의 세계가 있느냐

그대에게도 저 너머 38선 너머 조선의 도시에

아메리카합중국이 초토화시키고 싶은 증오의 대상들

이 있느냐

그대에게도 저 너머 38선 너머 조선의 금수강산에

압제자들이 찢어죽이고 때려죽이고 싶은 사람들이 있

느냐

눈이 내린다 38선의 밤에

하얗게 내린 눈은 북풍한설에 날리고

바람은 울어 바람은 울어

가시철망 분단의 벽에서 찢어진다

내 귀에 와서 내 고막에 와서 아픔으로 터진다

눈은 밤새도록 내릴 것 같은 눈은

눈은 하염없이 내리는 눈은

눈은 이제 바람이 자고 소리없이 쌓이는 눈은

병사의 철모 위에도 내리고 내 발목 위에도 내리고

병사와 나를 잇는 뜨거운 시선 위에도 내린다

역시

역시 그런 사람들이었군
80년
5월투쟁에서
총을 메고 거리에 나선 사람들은
역시 그런 사람들이었군
80년
5월투쟁에서
나의 펜 나의 꿈이 가고자 했던 길을 갔던 사람들은
역시 그런 사람들이었군
80년
5월투쟁에서
영웅적으로 죽어갔던 사람들은

나하고는 나 같은 사람하고는
거리가 먼 사람들이었군
나로부터는 나 같은 사람으로부터는
배운 자로부터는 가진 자로부터는

값싼 동정밖에 받아본 적이 없었던 사람들이었군

다 앗기고 더 앗길 것이 없었던 사람들이었군

80년

5월투쟁에서

70년대의 나의 피 나의 칼이 가고자 했던 길을 갔던 사
람들은

망월동에 와서

파괴된 대지의 별 오월의 사자들이여
능지처참으로 당신들은 누워 있습니다
얼굴도 없이 이름도 없이
누명 쓴 폭도로 흙 속에 바람 속에 묻혀 있습니다

사람 사는 세상의 자유를 위하여
사람 사는 세상의 아름다움을 위하여
압제와 불의에 거역하고
치떨림의 분노로 일어섰던 오월의 영웅들이여
당신들은 결코 죽음의 세계로 간 것이 아닙니다
당신들은 결코 망각의 저승으로 간 것이 아닙니다
풀어 헤친 오월의 가슴팍은 아직도 총알에 맞서고 있
나니
치켜든 싸움의 주먹은 아직도 불의에 항거하고 있나니
쓰러진 당신들의 육체로부터 수없이 많은
수없이 많은 불굴의 생명이 태어나고 있습니다
그들은 다시 태어나

당신들이 흘린 피의 강물에 입술을 적시고
당신들이 미처 다 부르지 못한 노래를 부르고 있습니다
그들은 새로 태어나
당신들이 흘린 눈물의 여울에 팔과 다리를 적시고
주먹을 불끈 쥐고
당신들이 미처 다 걷지 못한 길을 걷고 있습니다
사람 사는 세상의 자유를 위하여
사람 사는 세상의 아름다움을 위하여
이제 당신들의 자식들은 딸들은
죽음까지도 불사하고 있습니다
사랑과 원수 갚음의 증오로 무장하고
그들은 당신들처럼 전진하고 있습니다

파괴된 대지의 별 오월의 영웅들이어
어둠에 묻혀 있던 새벽은 열리고
승리의 그날은 다가오고 있나니
일어나 받아다오 승리의 영예를 그때 가서는

통일되면 꼭 와

장병락 선생님 그는
一心이라고 팔에 문신을 한 뱃사람이었지
북녘에서 남녘으로 조선쌀이 오던 날
우리 둘은 얼싸안고 울었지
아이처럼 엉엉 울면서 언약도 하나 했지
통일되면 꼭 놀러 오라고 꼭 놀러 가마고
그는 내가 그의 고향 원산에 가면
명사십리 해당화를 구경시켜주겠다고 했고
나는 그가 내 고향 해남에 오면
실낙지에 막걸리를 대접하겠다 했지
고향에 홀어머니를 두고 왔다는 그는
내게 편지가 올 때마다 어머니한테서 왔냐며 묻고는
어머님 잘 계시냐 어디 아프신 데는 없느냐
앞으로 나가게 되면 효도 많이 해드리라 신신당부했지
철창으로 으스름 달빛이 젖어드는 밤이면
내 심사 울적하여 청천하늘의 잔별을 헤아리다가
옆방의 그를 불러내어 이런 부탁 가끔씩 하고는 했지

"장선생님 나오서서 노래나 한 곡조 뽑아주시오"
그러면 그는 한사코 또 어머니 생각나냐며
"수천년 수만년 그 모습 여전해
세상에 근심 걱정도 많네……"
볼가강의 뱃노래를 고적하게 불러주거나
"이 한몸 다 바쳐 쓰러지면은
대를 이어 싸워서라도 금수강산 삼천리에
통일의 그날이 오면 만세소리를
자손아 불러다오"를 목메이게 불러주었지
그런 그가 어느 날 새벽 갑자기
어딘가로 모르는 곳으로 이감을 가게 되었지
나는 부랴부랴 내 십오년의 징역보따리를 뒤져
덧버선이며 귀마개며 장갑이며를 꺼내
어쩌면 통일의 그날까지 징역살이를 할 줄도 모르는
어쩌면 통일의 그날을 맞이하지 못하고 옥사할지도 모
르는 그에게
철창 너머로 사슬 묶인 그의 손에 건네주었지

폐가 나빠 자주 각혈을 하고는 했던 그는
교도관한테 끌려가면서 뒤돌아보면서
백지장 같은 얼굴에 눈물 빛내며 다짐했지

"통일되면 꼭 와" "통일되면 꼭 와"

바람에 지는 풀잎으로
오월을 노래하지 말아라

바람에 지는 풀잎으로 오월을 노래하지 말아라
오월은 바람처럼 그렇게 서정적으로 오지도 않았고
오월은 풀잎처럼 그렇게 서정적으로 눕지도 않았다

오월은 왔다 피묻은 야수의 발톱과 함께
오월은 왔다 피에 주린 미친개의 이빨과 함께
오월은 왔다 아이 밴 어머니의 배를 가르는 대검의 병
사와 함께
오월은 왔다 총알처럼 튀어나온 아이들의 눈동자를 파
먹고
오월은 왔다 자유의 숨통을 깔아뭉개는 미제 탱크와
함께 왔다

노래하지 말아라 오월을 바람에 지는 풀잎으로
오월은 바람처럼 그렇게 서정적으로 오지도 않았고
오월은 풀잎처럼 그렇게 서정적으로 눕지도 않았다

오월은 일어섰다 분노한 사자의 울부짖음과 함께

오월은 일어섰다 살해된 처녀의 피묻은 머리카락과 함께

오월은 일어섰다 파괴된 인간이 내지르는 최후의 절규와 함께

그것은 총칼의 숲에 뛰어든 자유의 육탄이었다

그것은 불에 달군 철공소의 망치였고

그것은 식당에서 뛰쳐나온 뽀이들의 식칼이었고

그것은 술집의 아가씨들이 순결의 입술로 뭉친 주먹밥이었고

그것은 불의의 대상을 향한 인간의 모든 감정이

사랑으로 응어리져 증오로 터진 다이너마이트의 폭발이었다

노래하지 말아라 오월을 바람에 지는 풀잎으로

바람은 야수의 발톱에는 어울리지 않는 시의 어법이다

노래하지 말아라 오월을 바람에 일어서는 풀잎으로

풀잎은 학살에 저항하는 피의 전투에는 어울리지 않는
시의 어법이다

피의 학살과 무기의 저항 그 사이에는

서정이 들어설 자리가 없다 자격도 없다

적어도 적어도 광주 1980년 오월의 거리에는!

제5부

40이란 숫자는

내 나이 40입니다 어머니
40이란 숫자는
어머니가 갇혀 살았던 일제 36년보다 긴 굴속이고
캄캄한 세월입니다
40이란 숫자는
미제 총알이 나를 업어키웠던 삼촌의 등에
벌집을 냈던 구멍의 숫자이고
40만 인구의 평양에 B29가 퍼부었던 40만 톤 폭탄의
숫자이고
열 손가락을 꼬부려 내 어린 나이가 셀 수 있었던 가장
끔찍한 숫자입니다
어머니 8·15 이후 그동안 40년 동안 대한민국의 정치
란 것은
애초에 총칼의 폭력이었고
다음에 사기와 협박이었고 공갈이었고
그래도 안되면 수천 수십만 학살의 살인극이었습니다
어머니 그동안 40년 동안 나는

미국이란 나라를 우방 아닌 다른 이름으로 불러보지
못했습니다

성조기보다 아름다운 깃발은 세상에 달리 없다고 미술
선생은 가르쳤고

아이젠하워보다 멋지게 웃고 케네디보다 용기 있는 사
람은

역사 이래 없다고 국사선생님은 가르쳤습니다

꼬부라진 그들의 글자 $A \cdot B \cdot C$를 외우다가

어머니 내 혀는 굳어져

'조선'이란 우리 말을 발음하기가 어려워졌고

요란스런 그들의 의상에 눈이 멀어

검은 치마에 흰 저고리를 입은 조선의 처녀들을 보지
못했습니다

그리고 니는 어머니

도살장의 비명소리 같은 시카고의 음악소리 때문에

내 귀에 쟁쟁하던 아버지의 가락, 장고소리 징소리를
잊어버렸습니다

그동안 40년 동안 어머니

내가 무사히 살아왔다고 말하지 마세요

밭둑길 논둑길에 농부의 딸을 눕혀놓고

흰둥이 병사들이 돌려가며 능욕을 해도

파라치온 마라치온 미국산 농약이 우리네 농부의 땀을
훔쳐가고

문어발 같은 저들의 다국적기업이 우리네 노동자의 피
를 빨아가도

해방과 자유를 외치는 겨레의 입에 미제 총알을 먹여도

그 나라를 나는 은인의 나라말고는 다른 이름으로 부
르지 못하다가

우방이 아니라 은인의 나라가 아니라 다른 이름으로

그 나라를 불렀다 해서 역적으로 몰려 옥살이를 하고
있습니다

어머니 이제 내 책상에서

꽃병일랑 치워주세요 이제 그 자리에
살해된 동지의 얼굴이 새겨진 입상이 놓여질 것입니다
어머니 이제 내 책꽂이에서
꽃을 노래한 시집이 있거들랑 치워주세요
그 자리에 바위산과 투쟁을 노래한 전사의 시가 들어
찰 것입니다

선반공의 방

가난한 이들에게 진실을 말하고
허위의 그림자에게 쫓기던 그런 어느 날
나는 밤의 거리에서 오갈 데 없다가
선반공인 고향 후배가 내미는 손을 잡고
그가 이끄는 대로 따라갔다

한길에서 꺾여
골목길로 접어드는 구멍가게에서부터 시작하여
하나 둘 셋 넷……
숨가쁜 돌계단 삼백일흔여섯 개를 세고서야
산꼭대기 어디메쯤 선반공의 자취방에 닿았다

그 집의 벽이란 벽은
모래와 자갈과 바람난 구멍으로 무장하고 있었다
지붕은 가로 세로 금이 간 함석이었고
새끼에 돌을 매달아 자연의 폭력과 싸우고 있었다

그 집에는 손바닥만한 마당이 있기는 했으되
어디서고 수도꼭지는 볼 수 없었다
그 집에는 담이 있기는 했으되
어디서고 대소변을 볼 수 있는 변소가 없었다

그래도 집이라고 그 집에는
방이란 게 있었다 세 개나 있었다
그 집 아낙네들은 하나같이 사투리를 썼는데
함경도 사투리도 있었고 충청도 사투리도 있었고 경상
도 사투리도 있었다
전라도 순창이 고향인 선반공의 방은
감옥의 먹방과도 같이 어둡고 비좁았다

나는 굴속을 들어가듯 그 방으로 들어갔다
방에는 한쪽 구석에 지퍼가 고장난 비닐옷장이 있었고
다른 한쪽 구석에는 책상 겸 밥상으로 씀직한 앉은뱅
이상이 있었는데

그 위에는 메모로 접은 쪽지가 놓여 있었다

"형, 오늘밤 못 들어올지도 모릅니다
이불 속에 밥 두 그릇을 해놓았으니
한 그릇은 형이 드시고 남은 그릇은
남주형이 들를지도 모르니 따뜻하게 담요로 싸놓으
세요"

때 전 이불을 들추니 거기에는 과연
밥그릇 두 개가 담요에 묻혀 있었다
목이 메어 나는 그 밥을 다 먹지 못하고
벽을 향해 돌아앉아 담배만 공연히 빨아댔다

방 한켠에는 반되들이 쌀 한 봉지가 입을 벌리고 있었고
책 몇 권이 벽에 기댄 채 나란히 누워 있었다
거기에는 고리끼의 『어머니』가 있었고
거기에는 하인리히 만의 『독일 노동자의 길』이 있었고

체 게바라가 쓴 『제3세계 민중에게 보내는 메시지』가
있었다

그날 밤 선반공의 친구는 돌아오지 않았다
다음날 아침에도 저녁에도 들어오지 않았다
그를 내가 만난 것은 감옥에서였다
선반공의 방처럼 어둡고 비좁은 먹방에서였다

'水路夫人'을 읽고

나는 보았습니다 억압의 시대에
우리가 불러야 할 노래 자유의 절정을
천년보다 먼 나라 아득한 나라
성골 진골만이 사람으로 행세하던
골품의 나라 신라에서 보았습니다

"거북아 거북아 수로를 내놓아라
남의 아내 앗아간 죄 그 아니 크냐
네 만약 거역하고 내놓지 않으면
그물로 널 잡아 구워먹으리라"

이 얼마나 당당한 노래입니까
아름다운 것 빼앗기고 우리 백성들 가만 있지 않았습
니다
무서워 떨고만 있지 않았습니다
싸웠습니다 옛사람들은
빼앗긴 것 아름다운 것 되찾기 위해

그들은 무릎 꿇고 빌지 않았습니다

노래 지어 고을사람들
천 입의 아우성 한 입으로 터뜨리며
남의 것 앗아간 죄 당당하게 단죄하고 싸웠습니다
거역하면 폭력도 불사하겠다며

사형수

아이들을 좋아하지 않는 사형수는 없다고 한다
그래서 그런지 사형수의 감방에는 아이들 사진이 많다
철없이 웃는 아이들을 보면서 그들은
자기가 어른임을 저주한다고 한다

어제 나는 철창 너머로
먼 산 푸른 하늘을 바라보다가
눈앞에서 어른들에게 끌려
형장으로 끌려가는 사형수를 보았다
그는 징징 울면서 갔다 아이처럼 떼를 쓰면서

나는 믿는다
사형수는 죽을 때 죄인으로서 죽어가는 것이 아니라
천진난만하게 아이로서 죽어간다고

어린 시절을 생각하며

내 또래 아이들
책보 차고 학교에 갈 때
나는 망태 차고 뒷산으로 갔다
걸상에 앉아 공부할 동무들을 생각하며
풀밭에 앉아 나는
낫으로 대꼬챙이를 깎아 땅바닥에
ㄱㄴ도 써보고 ㅏ ㅑ ㅓ ㅕ 도 써봤다

일곱 살 때 봄이었었다
울타리 너머 화자네집에서
한배 동생 두배가 3×3은 9 구구셈 외우는 소리를 듣고
나도 따라 구구셈을 했다
장독에 떨어진 감꽃을 지푸라기에 꿰면서

열 살이 되어서야 아버지는 나를
학교에 넣어주었다
재주가 아깝다고 외할머니의 성화에 못 이겨

나이가 남보다 많아서였을까
나는 공부도 잘하고 싸움도 잘했다

이런 나를 두고 아버지는 물론
집안 대소가가 한마디씩 했다
'우리 문중에서도 사람 하나 내야겠다고'
(지금도 그렇지만 그 당시에 농민들은
땅이나 파먹고 사는 자기들을 사람이라 여기지 않았다)

땅골재 민씨의 문중산에서
멍에감으로 참나무 한 가지 베다가
지서에까지 끌려가 똥줄이 탔던 아버지는
내가 커서 어서 어서 커서는
순사 나으리가 되어주기를 바랐고
모내기철에 농주 한 항아리 해먹다 들켜
면서기한테 씨암탉을 빼앗겼던 사촌형님은
내가 군서기쯤 되어야 한다고 우기셨고

끼니 거르기를 밥먹듯이 했던 작은아버지는
우리도 사람대접 받고 살려면
못되어도 내가 금관사 정도는 되어야 한다고 큰기침을
했다

그런데 나는
잘된 일인지 못된 일인지 그 무엇이 되어
집안 어른들의 소원을 풀어주지 못했다
판사는커녕
면서기 근처에도 가보지 못했다

어떻게 하고 있을까
지금쯤 내가 면서기 같은 것을 하고 있다면
농활 니온 학생들 몹쓸 놈들이라고
마을마다 집집마다 돌아다니며 유세하고 다닐까
들에 나가 논둑길 밭둑길에 서서
콩 심어라 팥 심어라 유신벼에 통일벼 심어라

내 아버지뻘 되는 농부의 면상에다
반말에 삿대질깨나 하고 있을까
아이고 무서워라 아이고 무서워라
운수대길하여 내가 검판사 나으리가 되어 있다면
떨어진 고추값 좀 올려달라고 떼를 쓰는
농부를 잡아다가 오랏줄로 엮어놓고
'이놈 네 죄는 네가 알렷다'
눈을 부라려 호통깨나 치고 있을까

예나 이제나 우리 농부들
사람 된 적 없다
논에 나가 나락을 키우고
밭에 나가 보리를 키우고
농사 짓고 살겠다 하면
총각들은 시집 올 처녀를 구하지 못한다
지금이 어느 세상인데 오죽 못났으면
촌구석에 남아 두더지처럼 땅이나 파고 살겠냐며

지금이 어느 세상인데 병신 아니면
씽씽한 다리로 흙이나 이기고 살겠냐며
아예 사람 축에도 껴주지 않는다

어머니의 손

동무들과 고샅에서 자치기를 하다가
토막나무에 이마를 맞아 터지기라도 하면
장독에 가서 얼른 가서
된장 한 숟갈 떠서 바르면 그만이었지

낫으로 시누대 꺾어 빼무락질을 하다가
아야 하는 순간에 손가락이라도 베면
낫자루로 개미둑을 뽀사
침 발라 사알짝 발라주면 말짱했고

나무하러 가서 산에서
머루랑 다래랑 따먹다가 폭각질이 나오면
저 아래 옹달샘에 내려가 맹감잎으로 표주박을 만들어
물 한 모금 떠먹고 하늘 한번 쳐다보면 쑥 들어가고는
했지

그러나 무엇보다도

내 어린 시절에 신통했던 것으로 치자면
어머니 손을 덮을 것이 없었지
아이고 배야 아이고 배야 뜬금없이 배가 아파
방안을 온통 떼굴떼굴 굴러다니면
어머니는 나를 따뜻한 아랫목에 눕혀놓고
그 까끌한 손바닥으로 배꼽 주위를 슬슬 문질러주었지
그러면 영락없이 아픈 배가 싹 낫고는 했지
그러면 거짓말처럼 언제 내가 배 아팠냐 했지

어머님 찬가

민가협에 갔더니
감옥에서 나와 겨울에 서울에 와서
서울 어딘가에 있는 민주화실천가족운동협의회에 갔
더니
거기에 따뜻한 손길이 있었다
자기 자식이 십년의 철창에서 빠져나온 것인 양 기뻐
어찌할 바를 모르는 뜨거운 가슴이 있었고
내 새끼도 살아만 있었더라면
이렇게 언젠가는 자유의 몸으로 내 품에 안길 터인데
하면서
옷자락에 눈물 적시는 어머니도 있었다

거기 민가협에는
물불을 가리지 않는 사랑으로 똘똘 뭉친 거기 민주화
실천가족운동협의회에는
착취의 세계에 자식을 빼앗긴 노동자의 어머니도 있
었다

독재자가 지어놓은 감옥과 고문실의 피바다에 자식을
빼앗기고
　자식의 뒤를 이어 투쟁 속에 뛰어든 청년학생들의 어
머니도 있었고
　쥐도 새도 모르게 놈들에게 매국노들에게
　살해당한 자식들의 죽음신을 찾아헤매는 한맺힌 어머
니들도 있었다

　그들 어머니들에게는
　자기들 자식만이 제 자식이 아니었다
　자기들 남편만이 제 남편이 아니었다
　그 사랑 동해바다처럼은 넓어
　하늘의 뭇 별들을 포용할 수 있는 그들 어머니들에게는
　압제와 싸우는 모든 사람이 자기들 자식이었고 남편이
었다
　그 희망 백두산만큼은 높아
　대지의 뭇 산들을 거느릴 수 있는 그들 어머니들에게는

착취와 싸우는 모든 사람들이 자기들 남편이고 자식들
이었다
그래서 그런지 그들 어머니들은
서울 어딘가에 비좁게 앉아 민가협 사무실에만
갇혀 있는 것이 아니었다

자유가 위협을 받고
인간성이 말살당하는 곳이면
그곳이 어느 곳이건 그들 어머니들은 그곳에 있었다
민족이 해방을 요구하고
나라가 독립을 외치고
조국이 통일을 염원하고
민중이 행복을 추구하는 곳 그런 곳이면
그곳이 어느 곳이건 그들 어머니들은 그곳에 있었다

그들 어머니들은
수천 수만의 새들이 압제의 타도를 외치는 광장에도

있었다
　그들 어머니들은
　춥고 기나긴 밤을 단식으로 이어가는 농성장에도 있
었다
　그들 어머니들은
　인간의 육체가 질식당하는 고문실의 칠성판에도 있고
　감옥의 철창에도 있었다
　그들 어머니들은
　부정이 날개를 치는 유세장과 투표장에도 있었다
　그들 어머니들은
　판사의 양심을 지켜볼 수 있는 법정의 방청석에도 있
었다
　때로는 분노한 주먹과 함께 있었다, 그들 어머니들은
　때로는 북받치는 슬픔과 함께 있었다, 그들 어머니들은

　그들 어머니들 앞에서는
　사랑의 단단함과 증오의 화살로 무장한

그들 어머니들 앞에서는

모두가 모든 것이 속수무책이었다

법질서 확립, 단호대처, 엄벌처벌,

이 세 마디 말밖에는 다른 말을 모르는 서슬퍼런 권력도

흐물흐물 죽은 낙지대가리거나 부들부들 떠는 사시나
무였다

천하장사도 못 연다는 감옥의 문도

그들 어머니들 앞에서는 거짓말처럼 열렸다

잔재주가 잔나비 같고 말빤치가 세다는 유명짜한 인사
들도

그들 어머니들 앞에서는 아이고 나 살려라 삼십육계
였고

길가에서 우는 아이들도 저기 민가협 어머니들이 몰려
온다 하면

울음을 그쳤다, 뚝 그쳤다

그렇다

자식의 죽음으로 새롭게 태어난 그들 어머니들은
사랑의 철옹성이고
자유의 세계를 위해서라면
물불을 가리지 않는 돌격대였다
그렇다
남편의 간힘으로 새롭게 태어난 그들 어머니들은
그 하나하나가 백병전의 육탄이었고
평화의 무적함대였다

허구의 자유

만인을 위해 내가 일할 때 나는 자유다
이렇게 나는 노래한 적이 있습니다
이 노래는 이제 수정되어야 합니다
자유가 자유의 이름으로 갇혀 있는 나라에서는
천만의 이름으로 저기 저 벌판에
허리 굽혀 모를 심는 농부들이 있고
그 농부들 진드기에 뜯기고 거머리에 뜯기고
지주의 노적가리 옆에서는 공복으로
횟배를 앓고 있는 아이들의 나라에서는

농사짓고 산다는 살아보겠다는
이유 하나 때문에
총각은 시집올 처녀를 구하지 못하고
처녀는 몸팔아 돈벌기 위해
흙냄새를 떠나는 나라에서는
여기 천만의 이름으로 노동자가 있고
밤 열시 열두시 다음날 새벽까지

일하고도 밤낮없이 휴식없이 일하고도
하루 일 나가지 않으면 다음날 아침에
하루 세끼 밥을 걱정해야 하는 그런 나라에서
40000000 인구 중에서
손가락으로 꼽을 수 있는 몇몇 사람들이
매판독점자본가들이
나라 재산의 태반을 독차지하고 있는 나라에서는

이렇게 수정되어야 합니다
만인을 위해 싸울 때 나는 자유다라고
일하지 않고 배부른 자가 살아 있는 한
살아 숨쉬고 있는 한
지연과 인간은 더러움에서 때를 벗지 못하고
자유란 것도 허구다

고난의 길

어머니가 아들을 낳고 아들이 어머니를 낳았습니다
이소선 여사가 그 어머니고
전태일 열사가 그 아들입니다

나는 혹사의 노역장으로 노동자를 내모는 자본의 세계
에 살면서
그 어머니에 그 아들을 본 적이 없습니다
그 아들에 그 어머니를 본 적이 없습니다
상복을 입고
불에 타죽은 아들의 사진을 껴안고 오열하는 이 여인
이 그 어머니인가
목놓아 흐느끼는 모습이
험한 세상에 자식을 빼앗기고
가파른 인생을 사는 우리네 어머니들과 꼭 닮았습니다

그러나 어머니여
자식의 죽음으로 다시 태어난 천만 노동자의 어머니여

나는 알고 있습니다

당신의 자식이 굴리다 굴리다 힘에 겨워 못다 굴린 삶
의 무게를

그 무게를 머리에 이고 당신이 걸었던 고난의 길을

그 길의 시작과 끝을 나는 알고 있습니다

길에는 끝이 있습니다 나도 가렵니다

자본의 무게에 짓눌린 노동자의 틈에 끼여 어깨동무
하고

당신이 지금 걷고 있는 그 길을 함께 가렵니다

노동자가 여는 해방의 길이 인류해방의 길과 맞닿는다
는 것을

나는 알고 있기 때문입니다 당신한테 배워서

길

감옥이 열리고
길도 따라 내 앞에 열려 있다
세 갈래 네 갈래로

어느 길로 들어설 것인가
불혹의 나이에
나는 어느 길로도 선뜻
첫발을 내딛지 못한다

농사나 지을까
나로 인해 화병으로 돌아가신
아버지의 들녘으로 가서

시나 쓸까
이 세상 끝에라도 가서

쉬었다나 갈까

어디 절간 같은 데라도 가서

별생각이 다 떠오른다
그러나 세상은
내 좋을 대로 하라고 내버려두지 않는다
자꾸만 자꾸만 내 등을 밀어 사람들 속으로 집어넣는다

오늘도 나는 어느 집회에 가야 한다
가서 세상이 한번 뒤집히기를 요구하는 사람들 앞에
서서
목소리를 높여 시를 읽고 말을 하고
돌아오는 길에 쓰디쓴 입맛을 다셔야 할 것이다
사물의 핵심을 찌르지 않고 비껴가는
내 시와 말이 비겁하지 않느냐는 생각을 하면서
나도 한때 핵심을 비껴가는 시를 쓰고 말을 하고 다니
는 사람을
안타까운 눈으로 바라본 적이 있었음을 떠올리면서

밤길

나를 보더니 보자마자 고선생이
남주야 남주야 다급하게 부르더니
다짜고짜 나를 데리고 근처 다방으로 갔다
거기 어디 구석지고 으슥한 데에 나를 앉혀놓고
은밀하게 타일렀다

너 말이야 앞으로 조심 좀 있어야겠더라
어제 말이야 우연히 저쪽 사람 하나를 만났는데 말이야
그 사람 말을 그대로 옮겨볼 것 같으면 말이야
감옥에서 나와서까지 남주가
그런 식으로 말을 하고 다니고
그런 식으로 글을 쓰고 하면
우리들이 곤란하다고 그러더라

출옥하고 나서 그동안 2년 동안
나는 이런 소리를 여러 차례 들어왔다
기원이를 만나러 검찰청에 갔다 온 시영이한테도 들

었고
　무슨 일로 남영동에 갔다 왔다는 수택이한테도 들었고
　달포 전에는 남산 어딘가에서 들었다면서
　형식이가 밤중에 전화까지 해줬다

　고선생과 헤어지고 나는 곧장
　집으로 가지 않고 밤길을 걸었다
　광화문 지하도를 뚫고
　헌병이 어깨총을 하고 있는 미대사관 철문을 지나
　울산에서 올라온 노동자들이 땅바닥에 천막을 쳐놓고
　앉아버티기 싸움을 하고 있는 어느 재벌회사의 건물
앞마당에서 잠시 발을 멈췄다

　건물의 문이란 문은 죄다 입을 다물고 있었다
　노동자들은 그 입에 대고 뭐라고 뭐라고 외쳐대고 있
었다
　우리도 사람이다 식수 좀 쓰자

우리도 사람이다 화장실 좀 쓰자
우리도 사람이다 눈비 좀 피해 자자

눈 오는 날 비까지 와서 미끄러운 길바닥
오늘은 어디 싸구려 여인숙에나 가서 자고 갈까
이런 계산을 하면서 나는 나에게 물어보았다
어떤 식으로 내가 글을 쓰고 말을 하고 다녔길래 그들
을 곤란하게 했을까
어떤 식으로 내가 말을 하고 글을 써야 그들을 곤란에
서 벗어나게 할 수 있을까

사상의 거처

나는 지금 어디에 있는가
입만 살아서 중구난방인 참새떼에게 물어본다

나는 지금 어디로 가고 있는가
다리만 살아서 갈팡질팡인 책상다리에게 물어본다

천 갈래 만 갈래로 갈라져
난마처럼 어지러운 이 거리에서
나는 무엇이고
마침내 이르러야 할 길은 어디인가

갈 길 몰라 네거리에 서 있는 나를 보고
엔 사내가 인사를 한다
그의 옷차림과 말투와 손등에는 계급의 낙인이 찍혀
있었다
틀림없이 그는 노동자일 터이다

지금 어디로 가고 있어요 선생님은

그의 물음에 나는 건성으로 대답한다 마땅히 갈 곳이
없습니다

그러자 그는 집회에 가는 길이라며 함께 가자 한다

나는 그 집회가 어떤 집회냐고 묻지 않았다 그냥 따라
갔다

집회장은 밤의 노천극장이었다

삼월의 끝인데도 눈보라가 쳤고

하얗게 야산을 뒤덮었다 그러나 그곳에는

추위를 이기는 뜨거운 가슴과 입김이 있었고

어둠을 밝히는 수만 개의 눈빛이 반짝이고 있었고

한입으로 터지는 아우성과 함께

일제히 치켜든 수천 수만 개의 주먹이 있었다

나는 알았다 그날 밤 눈보라 속에서

수천 수만의 팔과 다리 입술과 눈동자가

살아 숨쉬고 살아 꿈틀거리며 빛나는

존재의 거대한 율동 속에서 나는 알았다

사상의 거처는

한두 놈이 얼굴 빛내며 밝히는 상아탑의 서재가 아니
라는 것을

한두 놈이 머리 자랑하며 먹물로 그리는 현학의 미로
가 아니라는 것을

그곳은 노동의 대지이고 거리와 광장의 인파 속이고

지상의 별처럼 빛나는 반딧불의 풀밭이라는 것을

사상의 닻은 그 뿌리를 인민의 바다에 내려야

파도에 아니 흔들리고 사상의 나무는 그 가지를

노동의 팔에 감아야 힘차게 뻗어나간다는 것을

그리고 잡화상들이 판을 치는 자본의 시장에서

사상은 그 저울이 계급의 눈금을 가져야 적과

동지를 바르게 식별한다는 것을

시에 대하여

할머니는 산그늘에 앉아 막대기로 참깨를 털고

어머니는 따가운 햇살 등에 받으며 호미로 고추밭을
매고

아버지는 이랴 자랴 소를 몰아 논수밭에서 쟁기질을
하고

나는 나는 학교 갔다 와서 산에 들에 나가

망태 메고 꼴을 베기도 하고 염소를 먹이기도 했지요

나는 보고는 했지요 어린 시절에

할머니가 깨를 터시다 말고 막대기를 훼훼 저어

메밀밭을 해치는 산짐승을 쫓는 시늉을 하는 것을

나는 보고는 했지요 어린 시절에

어머니가 김을 매시다 말고 사금파리를 주워

고춧잎에 붙은 진딧물을 긁어내는 것을

나는 보고는 했지요 어린 시절에

아버지가 쟁기질을 잠시 멈추고 꼬챙이를 깎아

황소 뒷다리에 붙은 진드기를 떼어내는 것을

그래서 그런지는 몰라도 내 시에는

그 시절 우리 식구들이 미워했던 것들—

산짐승 진딧물 진드기 같은 것이 자주 나오지요

그래서 그런지는 몰라도 내 시에는

그런 것들을 내치느라 일손을 잠시 놓으시고

우리 식구들이 대신 들었던 것들—

막대기 사금파리 꼬챙이 같은 것이 많이 나오지요

다시 시에 대하여

시의 내용은 생활의 내용 내 시에는
흙과 노동이 빚어낸 생활의 얼굴이 없다
이제 그만 쓰자 시를 써야겠다는 생각도
내 머릿속에서 지워버리자
가자 씨를 뿌리기 위해 대지를 갈아엎는 농부의 들녘
으로
가자 뿌리를 내리기 위해 물과 싸우는 가뭄의 논바닥
으로
가자 추위를 막기 위해 북풍한설과 싸우는 농가의 집
으로
내 시의 기반은 대지다
그 위를 찍어내리는 곡괭이와 삽의 노동이고
노동의 열매를 지키기 위한 피투성이의 싸움이다
대지 노동 투쟁 —
생활의 이 기반에서 내가 발을 떼면
내 시는 깃털 하나 들어올리지 못한다
보라 노동과 인간의 대지에 뿌리를 내리고

생활의 적과 싸우는 이 사람을

피와 땀과 눈물로 빚어진 이 사람의 얼굴을

아기를 보면서

제비꽃을 만지작거리는 아기의 손가락
봄바람에 한들한들 춤추는 고사리 같고

장다리밭에서 나비를 쫓는 아기의 눈동자
초롱초롱 빛나는 것이 초저녁의 샛별 같고

하늘 향해 두 팔 벌리고 기지개를 켜는 품은
비 온 뒤 쑤욱쑤욱 자라나는 죽순 같네

오 여보게 친구 우리 아기 좀 보게
어서어서 키워서 그 손에 호미를 쥐어줘야겠네
어서어서 키워서 그 손에 괭이를 쥐어줘야겠네
봄이면 들에 나가 나물이나 캐먹고 살라고 그러는 게
아니네
가을이면 산에 올라 칡뿌리나 캐먹고 살라고 그러는
게 아니네
콩나물 한 그릇 안심하고 먹을 수 없는 서울이 무서워

서 그러네

　별 하나 아름답게 키우지 못한 서울 하늘이 저주스러
워서 그러네

　고기 한 마리 병들지 않고 살지 못하는 서울의 강이 싫
어서 그러네

　우리 아기 고운 아기

　나물이나 뜯어먹고 칡뿌리나 캐먹고 평생을 가난하게
살지언정

　맑은 물 맑은 공기 푸른 하늘과 가까이 벗하며

　흙과 더불어 시골에 살았으면 싶어서 그러네

아버지의 무덤을 찾아서

추수가 끝난 들녘이다
나는 어머니의 등불을 따라 밤길을 걷는다
마른 옥수숫대 사이로 난 좁다란 밭길이 끝나고
어머니의 그림자가 논길로 꺾이는 어귀에서
나는 잠시 발을 멈추고
논가에 쓰러져 있는 흰옷의 허수아비를 일으켜 세운다
아버지 제가 왔어요 절 받으세요
그동안 숨어 살고 갇혀 사느라
임종도 지켜보지 못한 불효자식을 용서하세요
그러나 허수아비는 대답이 없다
야야 거그서 뭣하냐 어서 오지 않고
저만큼에서 어머니가 재촉하신다
아버지 생각이 나서 그래요 어머니
가뭄의 논바닥에 물을 댄다고
아버지와 같이 여기서 이슬잠을 자다가
새벽에 제가 피똥을 싸는 배를 앓았어요
나도 알고 있어야 그해 가을 일은

그때 느그 아부지 놀래가지고 너를 업고
어성교 약방으로 달려가던 모양이 눈에 선하다야
그날 새벽에 니가 꼭 죽는 줄 알았어야
나는 다시 어머니의 등불을 따라
또랑을 건너고 솔밭 사이 황톳길로 들어선다
다 왔다 저기 저것이 느그 아부지 묏등이어야
니가 서울서 숨어 살 때 돌아가셨는디
참 불쌍한 사람이어야 일만 평생 죽자살자 하고
자식덜 덕 한번 못 보고 저승 사람 됐으니께
느그 아부지가 너를 을마나 생각했는 줄 아냐
너는 평생 돈하고는 먼 사람일 것이라면서
저 아래 징갤 논배미는 니 몫으로 띠어놓으라 하고
미지막 숨을 거두셨단다

산언덕바지에 앉아 있는 아버지의 무덤은
일곱 마지기 우리 논을 내려다보고 있었다
이놈아 니가 그러고 댕긴다고 세상이 뒤집힐 것 같으냐

첫 감옥에서 나와 무릎 꿇고 사랑방에 앉아 있을 때
아버지가 내게 하셨던 꾸중이 떠올랐다 가엾은 양반

잣나무나 한 그루

내 안에 비수 하나 있었다 그걸 꺼내
독점과 폭정의 심장을 찾아
밤의 거리를 헤매었던 시절이 있었다
나에게는 한때나마 그런 시절이 있었다!
아 그 무렵 내 나이는 팔팔한 나이
조국과 전선의 이름으로 내 모든 것을 바쳐
싸워야 한다고 다짐할 줄 알았던 좋은 때였으니
그날 밤 나는 얼마나 벅찬 가슴이었던가!

그것은 그러나 벌써 십여 년 전의 일이다
그날 밤 나와 함께 밀폐된 방에서 투쟁의 칼을 세워놓고
승리 아니면 죽음을! 맹세했던 동지는
이제 이 세상 사람이 아니고
승리도 아니고 죽음도 아닌 나는
그를 찾아 지금 무덤으로 가고 있다 그와 나란히
비수를 품고 밤길을 걸었던 그 길을 따라

신향식 동지—
사형대의 문턱에 한 발을 올려놓고
고개 돌려 그가 나에게 했던 말 그것은
죽으면 내 무덤에 잣나무나 한 그루 심어다오
그뿐이었다

나는 지금 그의 무덤 앞에 와 있다
어엿하게 장성한 그의 아들과 함께
소복을 입은 그의 부인과 함께
무덤가에 한 그루 나무를 심고
그 밑에 예의 비수도 하나 꽂아놓는다
그날 밤 우리가 다짐했던 맹세
승리 아니면 죽음을! 가슴에 되새기며

그렇다 이 나무는 동지의 나무다
민족의 나무 해방의 나무 밥과 자유의 나무다
사람들아 서러워 말아라 이 나무 밑에서

죽음에는 나이가 없는 법이다 역사에서 위대한 것은
승리만이 아니다 패배 또한 위대한 것이다
이 땅에서 아름다운 것 그것은 싸우는 일이니
그것을 다른 데서 찾지 말아라
찾아라 이 나무 밑에서 칼과 피의 나무 밑에서

집의 노래

어제 나는 신림동 어디에 사는
고향 친구 아들의 돌잔치에 갔다
친구 마누라는 국민학교 오학년 때
나와 한반이었던 그 여자아이였다
눈 밑에 점이 있어 동네 아낙들이
이름 대신 점백이라 불렀던 그녀는
역시 나와 한반이었던 내 친구와
단칸셋방에 살고 있었다

잔치가 끝나고 나는 제약회사에 나간다는
친구의 친구가 권하는 승용차를 물리치고
셋방살이 친구와 옷가게를 찾았다
아버지를 따라나선 친구의 큰아들은 일곱 살이라 했다
가게를 나와서 친구와 헤어지고 나는
전철역으로 무거운 발길을 옮기면서
옛 동요 하나를 떠올렸다
학교가 파하면 동무들과 어깨동무하고

집으로 돌아오면서 부르고는 했던 노래―

눈을 감아도 찾아갈 수 있는 우리집
목소리만 듣고도 난 줄 알고 얼른 나와
문을 열어주는 우리집
조그만 들창으로 온 하늘이 다 내다뵈는 우리집

아내의 경악

화분에 물을 주다 말고
조간신문을 집어든 아내가 경악한다
어머나! 미국 사람들이 와서
우리나라에 자라는 희귀식물 다 캐가네
섬단풍나무 우산고로쇠 산겨릅나무 두메오리나무……
귀하고 귀한 우리나라 자생식물들을 뿌리째 뽑아가네

한미관계사를 연구하는 그녀의 남편이
마룻바닥에 머리를 대고 물구나무서기를 하다가
중얼중얼 혼잣말을 한다
대한민국이 어디 우리나란감 즈그들 나라지

남편의 혼잣말을 들었는지 안 들었는지
아내는 더 큰소리로 경악한다
어머나! 미국 사람들은 또
우리나라 학자들에게는 출입금지가 되어 있는
천연보호구역에까지 들어가서

우리나라 희귀식물을 마구잡이로 캐가네
다른 나라에서는 사진도 못 찍게 한다는데

계속되는 마누라의 경악에 찬물을 끼얹기라도 할 양
으로
남편이 거꾸로 선 채 외마디 소리를 꽥 지른다
거 참! 우리나라가 아니래두 우리나라 우리나라 해쌌네
아니 작전권두 없는 나라가 나라여!
식인종 나라의 군대가 쳐들어와도
백인종 군대의 사령관한테 허락을 받고서야
그들과 싸우든지 말든지 해야 하는 나라가 나라냔 말
이냐구!

우리 오늘 약속 하나 있어야겠습니다

1

경대야 너 죽지 않았지
예 아버지 저는 죽지 않아요
내 머리를 내리찍은 쇠파이프가
저렇게 시커멓게 살아 있는데
제가 어떻게 그냥 죽을 수 있겠어요
제 죽음 헛되게 하지 않으려고
누나와 형들이 제 몸에 불을 질러
어둠 한가운데서 어둠을 밝히고 있는데
어떻게 제가 밤의 끝을 보지 않고
이대로 눈을 감을 수 있겠어요

경대야 너 죽어서는 안되지
예 어머니 저는 살아야 해요
내 숨통을 졸랐던 군홧발들이
저렇게 길길이 날뛰고 있는데

어떻게 제가 그냥 죽어야겠어요
제 죽음을 일으켜 진실을 밝히려고
동지들은 눈에 불을 켜고 밤을 새우고 있는데
어떻게 제가 폭정의 끝을 보지 않고
이대로 눈을 감고 죽을 수 있겠어요

그렇습니다 우리 아들 경대는 죽지 않았습니다
그렇습니다 우리 아들 경대는 살아 있습니다
어둠에 묻힌 이 길이 열리고
폭정에 시달린 이 거리가 환히 웃을 때까지는
그 웃음 속에 스무 살 젊은이의 얼굴이 떠오를 때까지는
우리 경대는 죽지 않고 눈 부릅뜨고 있을 것입니다

2

오늘 우리 약속 하나 있어야겠습니다
오월의 태양 그 죽음 앞에서

죽고도 죽지 못해 살아 눈 부릅뜨고 있는
경대 앞에서 경대의 아버지 어머니 앞에서
우리 오늘 약속 하나 있어야겠습니다
우리 모두 단결했다고
우리 모두 싸우겠다고
소리 좋은 사람 목청 돋워 싸우고
글자 아는 사람 붓대 세워 싸우고
꾀 많은 사람 꾀로 싸우고
힘 좋은 사람 힘으로 싸우자고
우리 오늘 약속 하나 있어야겠습니다
단결이야말로 우리의 유일한 무기
그 앞에서 무기의 단결 앞에서
어둠의 그림자가 꼬리를 사리게 하겠다고

투쟁이야말로 우리의 최후의 무기
그 앞에서 최후의 무기 앞에서
폭정의 그림자가 꼬리를 사리게 하겠다고

경대의 죽음이 결코 헛된 죽음이 되지 않게 하겠다고
오늘 우리 약속 하나 있어야겠습니다
꼭 하나

무의촌은 무의촌에만 있는 것이 아니다

무의촌은 두메산골이나 외딴 섬에만 있는 것이 아닙
니다
돈 없고 빽 없는 사람에게는 서울도 무의촌입니다
어제 나는 서울대 병원에 가서 젊은 의사로부터 이 말
을 듣고
옛 상처 하나를 떠올렸습니다

내가 중학교 다닐 무렵
읍네 장터 근처에는 쇠전이 있었고 쇠전 근처에는 희
한하게도
꾀죄죄하게 생긴 가축병원이라는 것이 하나 있었습
니다
닭이 병들어 벼슬에 핏기가 가시고 고개를 쳐들지 못
할 때
쥐약 바른 보리밥을 먹고 개가 죽는 시늉을 할 때
돼지가 물똥을 주룩주룩 흘리며 일어나지 못할 때
소가 여물도 먹지 않고 배만 뺑뺑하게 차오를 때

시골 양반들은 그 짐승들을 이고 지고 또는 끌고 그 병원을 찾았습니다

비가 억수같이 쏟아지던 어느 날 오후였습니다
우연히 그 병원 처마 밑에서 비를 피하고 있는데
한 농부가 리어카를 끌고 와서
화급하게 병원문을 두드렸습니다
한참 후에 수의사가 나와서 리어카를 보고는
저게 무엇이냐고 물었습니다
리어카에는 무엇이 가마니때기로 씌워져 있었습니다
환자입니다 살려주십쇼 농부가 대답했습니다
의사가 가마니때기를 들추니 거기에 있는 것은
개도 아니고 돼지도 아니었습니다 사람이었습니다
여기는 가축의 병을 치료하는 곳이니
사람의 병을 고치는 병원으로 가라고 의사가 농부를
타박했습니다
그런 병원 이 병원 저 병원 다 가봤으나

툇자 맞고 이곳으로 왔다고 농부가 의사에게 사정했습
니다

 짐승의 병을 고치는 수의사가 사람의 병을 고치면서
누구에게 들으라고 그러는지

 개새끼들 개새끼들 하며 진땀을 흘리고 있었습니다

강화도에 와서

예나 이제나 외적의 침략을 받아
나라가 백척간두에서 위태위태하면
부자들은 도망쳤다 금은보화 보따리에 싸들고
가난뱅이들은 싸웠다 벌거숭이 맨몸으로
그리고 싸움이 끝나고
외적이 나라 밖으로 물러나면
부자들은 다시 돌아와 고대광실에 보따리를 풀었고
가난뱅이들은 집과 전답을 잃고 산과 들을 유리걸식하
였다

그런 역사 나 오늘 강화도에 와서 본다
서양 오랑캐들 우리나라 예속시키고
섬나라 왜놈들 우리 강토 짓밟고
은괴와 시격을 약탈하고
민가에 불을 질러 재산을 파괴했을 때
기름지고 넓은 땅 독차지한 것들
대갈통에 문자깨나 들어찬 것들

쥐새끼처럼 꽃섬을 빠져나갔다
입버릇처럼 사랑했던 나라고 뭐고
밥 먹듯이 걱정했던 백성이고 뭐고
똥친 막대기처럼 내동댕이치고
금은보화에 땅문서만 싸들고 도망쳐버렸다

싸운 것은 죽으나 사나
외래 침략자들과 싸운 것은
토지도 족보도 없는 천민들이었다
학식도 문자속도 없는 농부들이었다
백두산에서 호랑이를 잡던 포수들이었다
그들 천민들 농부들 포수들은
나라로부터 받은 것이라고는 천대와 멸시밖에 없었
으되
침략자들에게 대드는 그들의 적개심은
불길처럼 거세었고 파도처럼 사나웠다
칼이 있는 자는 칼로 싸웠고

창이 있는 자는 창으로 싸웠고
화살이 있는 자는 화살로 싸웠고
그도 저도 없는 자는 흙을 움켜쥐고
침략자의 눈을 향해 냅다 뿌려댔다
왜적의 약탈과 살생 앞에서는
눈에 보이는 것은 모두 무기로 돌변했다
나라 사랑 한번도 입에 올린 적 없었던 백성들에게는

척화비와 현수막

그 옛날 백년보다 먼 옛날
서양 오랑캐들 이상한 배 타고 와서
배에다 대포까지 싣고 와서
승냥이 같은 속셈에다 이리떼 같은 욕심으로 와서
만 가지 해독은 있어도
한 가지 이로울 것이 없는 요사스런 것을 디밀면서
개항하라 교역하라 윽박지를 때
나라 사랑하고 백성 위한다는 위정자들
서양 오랑캐들 몰아낸답시고 길거리 네거리에
비석 하나 크게 세웠으니 돌에 새겨진
열두 글자 비문을 찬찬히 볼작시면
"洋夷侵犯 非戰則和 主和賣國"이고

오늘에 와서
속옷까지 알록달록 서양 문자가 새겨지고
나라 곳곳에 총을 멘 오랑캐가 나라를 지키고 있는
지금 같은 세상에 와서

국가를 보위하고 국민을 친애한다는 위정자들
남의 나라 군대 나라 밖으로 못 나가게 하겠다고
경향 각지 길거리 네거리에
현수막 하나 드높게 걸어놓았으니 거기 씌어진
열다섯 글자를 멍하니 볼작시면
"미군철수 운운한 자는 민족반역자다"라

切頭山

하늘에서 사자 교황성하께서
지상의 거처에 내려오시던 날
국무총리에다
국회의장에다
한 나라의 대통령까지 우르르 몰려가
나라의 관문 김포공항에까지 달려가
황공무지로소이다 하늘나라의 사자를 영접하시던 날
그렇게 성스럽고 그렇게 영광스러운 날
나는 역사기행인가 뭔가 한답시고
신촌에서 버스를 타고 강화도로 가다가
양화대교 근처에서 그만 내려버렸다 거기서 내려
그 옛날 프랑스 함대가 하늘나라의 선교사를 앞세워
우리나라를 넘봤다 해서 침범했다 해서
대원군이 그 선교사의 목을 쳐서 강물에 던졌다는 산
을 올랐다
그 산 깎아지른 산
한강에서 올려다보면 아찔한 산

절두산(切頭山) 꼭대기에 올라 나는 떠올렸다
제국주의 침략사에 나오는 대원군의 무서운 말을
"천주학쟁이를 내세워 오랑캐들이 이곳까지 와서
우리의 맑은 물을 더럽혔으니 어쩔 수 없다
천주학쟁이의 피로 이 더러운 물을 씻을 수밖에"

제6부

역사

나는 저 사람을 안다

수갑을 차고 삼등열차에 실려 어딘가로 이송되어가는

저 사람을

어딘가에서 본 적이 있다 어딘가에서

그렇다 텔레비전에서였다 6년 전에

신민당사에서 YH 노동자들이 앉아버티기 싸움을 하고

부산에서 마산에서 민중들이 일어나고 김아무개가

박아무개를 암살하고…… 그때 그 와중에서

저 사람은 기자들의 질문 공세를 받고 있었던 것이다

담담하게 그러면서도 단호하게

　—소위 남조선민족해방전선은 북에서 주장하는 공산

혁명의 일환으로서 공산주의자들이 만든 집단이 아닌가?

　—해방전선은 특정한 이데올로기를 신봉하는 사람들

의 조직이 아니다 민족의 해방 국가의 독립 민중의 자유

를 사랑하고 제국주의의 신식민지정책과 그 하수인들을

증오하는 사람들이 만든 조직이다

　—그러면 왜 '남조선'이란 말을 썼는가?

— '조선'은 우리 민족 고유의 이름이다 분단 이전에 있었던 이름이다 조국이 남과 북으로 갈라져 있는 상태에서 남쪽을 '남조선'이라 했을 뿐이다

— 당신 모 재벌 집을 습격했다고 하는데 시민으로서 잘했다고 생각하는가?

— 유치한 질문이다 내가 그곳에 간 것은 파렴치한으로가 아니다 해방전사로서 갔던 것이다 잘했고 못했고는 역사가 말할 것이다 역사는 도덕적인 순결을 여러 가지로 해석한다 우리가 논개를 평가할 때 기생으로서 그의 직업을 문제삼고 있는가

나는 저 사람을 안다

겨레의 마지막 순결 너 백두산 기슭이여

농사짓고 산다 하면
총각이 시집올 처녀를 구하지 못하는 나라

시집갈 열아홉 살 꿈을 보듬고
거울 앞에서 얼굴을 붉혀야 할 처녀가
하루 세끼의 밥과 잠자리를 위해
도시의 뒷골목에서 몸을 파는 나라

꽃에서 꽃으로 옮아다니며
그 입술로
가을의 결실을 맺어주던 벌 나비가
농약에 취해
봄의 언덕에서
떼죽음을 당하는 나라

바닷가에 가면 뻘밭에서
폐수에 질식당한 꼬막이

입을 벌린 채 숨을 헐떡거리고
강가에 가면 강물 위에
물고기가 허옇게 배를 드러내놓고
송장으로 떠다니는 나라

이런 나라에서 나 이제
북에 대고 개방 운운 안하겠다
별 하나 밤하늘에 초롱초롱 키우지 못한 주제에
어느 하늘에 대고 그따위 소리를 해
붕어 한 마리 병들지 않게 키우지 못한 주제에
어느 강물에 대고 그따위 소리를 해
유해물질을 떠올리지 않고는
콩나물 한봉다리 안심하고 살 수 없고
참기름 한방울 속지 않고 사먹을 수 없는 주제에
무슨 낯으로 그따위 소리를 해
밤이고 낮이고 술집에서 여관에서
제 딸년 같은 아이의 옷이나 벗기는 주제에

무슨 속으로 그따위 소리를 해

오 마지막 남은 인류의 자존심
너 백두산이여 대동강이여 금강산 일만이천봉이여
나는 절한다 그대 순결 앞에
새해 새 아침 우리집 장독대에 정화수 떠놓고
허리 굽혀 절한다
무릎 꿇고 절한다
천번 만번 절한다
통일이 안되어도 좋으니
천년 만년 남남북녀로 갈라져 살아도 좋으니
겨레의 마지막 순결 너 백두산 기슭이여
자본의 유혹 앞에서 치맛자락을 걷어올리지 말아라
너 금강산 일만이천봉 민족의 기상이여
자본의 위협 앞에서 무릎을 꿇지 말아라

Welcome U. S. Marines

그날 나는 우연히 포항에 있었다
밀어닥친 한파처럼 미군이 상륙하자
이상한 일이었다! 갑자기
활기에 차 있던 항구의 거리가 입을 다물고
고깃배들은 약속이나 한 듯 하나같이
저 건너 방파제 뒤로 숨어버렸다

거리란 거리는 강아지 한 마리 얼씬거리지 않았다

집이란 집은 죄다 문을 잠가버렸다

텅 빈 거리를 가로질러 건물과 건물 사이에는
현수막이 거대한 성조기와 함께 걸려 있었다
Welcome U. S. Marines 이렇게 씌어 있었다 거기에는
그 밑을 텅 빈 거리를 무인지경을 가듯
흰둥이와 깜둥이들이 지나갔다 보무도 당당하게
그들은 꽁무니로 수류탄을 흔들어대고 입으로는 껌을

짝짝 씹었다

그들은 바닥에 가래침을 뱉어놓고 빛나는 군화로 문질러버렸다

그들은 어쩌다 여자를 발견하면 휘파람을 불어제꼈다

골목에서 처녀 하나가 나오다가 그들과 마주치자마자 혼비백산했다

그러자 검둥이 하나가 허연 이빨을 드러내놓고 발을 구르며 깔깔댔다

어쩌다 길가에서 원주민 남자를 만나면 붙잡고

다짜고짜로 그들이 묻는 첫마디는 술집이었다

영어를 몰랐기에 그는 당연히 무시되었다

어쩌다 한길에서 여자와 마주치기라도 하면

무작정 덮쳐놓고 보는 것이었다 날짐승이 병아리 덮치듯

그들이 식민지에 와서

밤이고 낮이고 찾는 것은

눈을 부릅뜨고 기를 쓰고 찾는 것은
술집이고 여자였다
그들은 오직 술집을 찾기 위해서 버스를 탈취했고
그들은 오직 여자를 찾기 위해 눈이 뻘개져 있었다

그런 그들을 아무도 어떻게 해볼 수 없었다
나라도 법도 어떻게 해볼 수 없었다
다만 할 수 있는 것은 방파제 뒤로 숨거나
문을 안으로 잠그고 혼비백산하는 일뿐이었다

Welcome U. S. Marines 이렇게 써놓고
성조기를 흔들어도 소용없는 일이었다

무심

아침 햇살이 은사시나무 우듬지에서 파르르 떨고
산골을 타고 흐르는 물소리는 내 귀에서 맑다
나는 지금 어머니를 따라 산사를 찾아가고 있다

어머니 그동안 이 고개를 몇번이나 넘으셨어요

니가 까막소 간 뒤로 이날 이때까장 그랬으니까
나도 모르겠다야 이 고개를 몇차례나 넘었는지

옥살이 십년 동안 단 한번도 자식을 보려
감옥을 찾은 적은 없었으되
정월 초하루나 팔월 보름날 같은 날이면
한번도 빠짐없이 절을 찾으셨다는 어머니
그런 어머니를 두고 사람들은 고개를 갸우뚱하지만
실은 나도 모를 일이다
자식이 보고 싶을 때
감옥 대신 절을 찾으셨던 어머니의 그 속을

이제 이 고개만 넘으면 어머니 그 절이 나오지요

그래 그래 하면서 어머니는 숨이 차는지
공양으로 바칠 두어 됫박 쌀차둥이를 머리에서 내려
놓고
후유 후유 한숨을 거듭 쉰다

니 나왔은께 인자 나는 눈 감고 저승 가겄어야
니 새끼가 너 같은 놈 나오면 그때는
니 예편네가 이 고개를 넘을 것이로구만
풍진 세상에 남정네가 드나들 곳은 까막소고
아낙네는 정갈하게 몸 씻고 절을 찾아나서는 것이여

* "인자 오냐" 그뿐이었다, 내가 옥문을 나와 십년 만에 고향집을
찾았을 때 어머니가 내게 하신 말씀은. '어디 몸상한 데는 없
느냐' '고생 많이 했지야' 이따위 말씀도 하지 않았다. 나는 이
런 어머님의 속을 알지 못한다. 무심(無心), 이 한마디의 말 속

297

에 내 어머니의 속이 담겨 있는지도 모른다. 희로애락에 들
뜨거나 호들갑스럽지 않은 내 어머니가 때로는 부처님 같기
도 하다.

노동의 대지에 뿌리를 내리고

산은 무너지고 이제 오를 산이 없다 한다

깃발은 내려지고 이제 우러러볼 별이 없다 한다

동상은 파괴되고 이제 부를 이름이 없다 한다

무너진 산
내려진 깃발
파괴된 동상
나는 그 앞에서 망연자실 어찌할 바를 모른다

무엇이 잘못되었는가
암벽에 머리를 들이받는 파도에게 나는 물어본다
파도는 하얗게 부서질 뿐 말이 없고 나는 외롭다
바다로부터 누구를 부르랴 부를 이름이 없다
꿈속에서 산과 깃발과 동상을 노래했던 내 입술은
침묵의 바다에서 부들부들 떨고 나는 등을 돌려

현실의 세계에 눈과 가슴을 열었다

기고만장해서 환호하는 자본가의 검은 손들

그 손을 맞잡고 승리의 샴페인을 터뜨리는 패자들의
의기양양한 얼굴들
기가 죽었는지 어처구니가 없었는지
노동과 투쟁의 어제를 입술에 깨물고 우두커니 서 있
는 낯익은 사람들

나는 애증의 협곡에서 가슴을 펴고 눈을 부릅떴다
하늘은 보이지 않는 장막 그러나 나는 보았다
먹구름을 파헤치고 손짓하는 무수한 별들을
아직도 그 뿌리가 뽑히지 않고 바람에 흔들리고 있는
나뭇가지들을
그리고 날벼락에도 꺾이지 않고 요지부동으로 서 있는
불굴의 바위들을

저 별은 길 잃은 밤의 길잡이이고
저 나무는 노동의 형제이고
저 바위는 투쟁의 동지이다
가자
가자
그들과 함께 들판 가로질러 실천의 거리와 광장으로
가서 다시 시작하자 끝이 보일 때까지
역사의 지평에서
의기도 양양한 저 상판대기의 검은 손들을 지우고
　노동의 대지에 뿌리를 내린 투쟁과 승리의 깃발이 나
부끼게 하자

근황

요즘 나는 먹고 사는 일에 익숙해졌다
어제도 오늘도 밤의 술집에서 즐겁고
나는 이제 새벽의 잠자리에서 편하다
체포
구금
고문
감옥
그따위 어둠의 자식들은 내 기억에서조차 멀다

아침이다
나는 마누라가 건네주는 수화기에 짜증을 내며 귀를
댄다
멀리서 내 이름을 확인하는 목소리가 들려오고
나는 소리의 주인공을 기억하지 못한다 낭패한 목소
리가
그 이름을 밝히고 나서야 나는 그 목소리가
감옥의 출구에서 갓 나온 소리라는 것을 알았다

어쩌다 이렇게까지 되었는가 나는

갑자기 지난날의 나로 되돌아가고 싶다

숙박계에 가짜이름을 적어놓고 뜬눈의 밤을 새웠던 싸
구려 여인숙들

날이 새는 것을 두려워했던 어둠의 골목들

불편한 하룻밤을 신세겨야 했던 신혼부부의 단칸 셋방

뒷주머니에 지폐를 찔러주며 어색해했던 가난한 문
인들

지난날의 기억들을 나는 이미 잊고 살아도 되는 것인가

아직도 수백의 사람들이 도피와 투옥의 세계에서 겨울
을 나고 있는데

나는 누구인가 그 이름 하나 제대로 기억하지 못하고
있는 나는

차라리 어둡고 괴로운 시절이라면

가시덤불 속에서 깜박깜박 어둠을 쫓는 시늉이나 하

다가
　　날이 새면 스러지고 마는 개똥벌레라도 될 것을
　　차라리 춥고 배고픈 시절이라면
　　바람 찬 언덕에서 낡은 상수리나무쯤으로 떨다가
　　나무꾼의 도끼에 찍혀 땔감으로라도 쓰여질 것을

　　이제 나는 아무짝에도 쓰잘 데 없는 사람이다
　　밤이 대낮처럼 발가벗은 이 세상에서는
　　배가 터지도록 부어오른 이 거리에서는

새가 되어

이 가을에
하늘을 보면 기러기 구천을 날고
진눈깨비 내릴 것 같은 이 가을에
잎도 지고 달도 지고
다리 위에는 가등도 꺼진
이 가을에
내가 되고 싶은 것은
오직 되고 싶은 것은
새다

새가 되어
날개가 되어 사랑이 되어
불 꺼진 그대 창가에서 부서지고 싶다
내가 걸어온 길
내가 걸어갈 길
내 모든 것을 말하고
그대 전부를 껴안고 싶다

개똥벌레 하나

빈 들에 어둠이 가득하다
물 흐르는 소리 내 귀에서 맑고
개똥벌레 하나 풀섶에서
자지 않고 깨어나 일어나
깜박깜박 빛을 내고 있다

그래 자지 마라 개똥벌레야
너마저 이 밤에 빛을 잃고 말면
나는 누구와 동무하여
이 어둠의 시절을 보내란 말이냐

밤은 깊어가고
이윽고
동편 하늘이 밝아온다
개똥벌레는 온데간데 없고
나만 남아 나만 남아
어둠의 끝에서 밝아오는 아침을 맞이한다

풀잎에 연 이슬이 아침 햇살에 곱다
개똥벌레야 나는 네가 이슬로 환생했다고
노래하는 시인으로 살런다
먼 훗날 하늘나라에 가서

어머니의 밥상

예나 이제나
어머니 밥상은 매한가지다
묵은 배추김치에
멸치 두세 마리 가라앉은 된장국에
젓갈에 마늘장아찌에
달라진 것이 있다면 보리밥 대신 쌀밥이다

어머니 살기 좋아졌지요
냉장고도 있고
세탁기도 있고
모는 기계가 척척 심어주고
제초제를 뿌리고 비닐만 씌워주면
오뉴월 땡볕에 진종일 콩밭에 나앉아
그놈의 김을 매지 않아도 되고요

그러나 짐짓 물어보는 나의 물음에
어머니의 대답은 시큰둥하다

좋아지면 뭣한다냐 농사짓고 산다 하면
총각이 시집올 처녀를 구하지 못하는 시상인디
이런 시상 난생 처음 살아야 그뿐인 줄 아냐
사람이 죽어도 마을에 상여 멜 장정이 없어야
지난 봄에 아랫말 상돈이 아부지가 죽었는디
저승 가는 사람을 상여소리도 없이
식구들끼리 리야까에 싣고 뒷산에 갖다 묻었단다
옛날에는 사람이 죽으면 사흘 낮 사흘 밤
마을이 온통 초상이고 축제였는디……

밥술을 뜨는 둥 마는 둥하다가
어머니는 숟갈을 놓으시며 한숨을 쉬었다

봄이 와도 이제 들에 나가 씨 뿌릴 맘이 안 생겨야
쭉정이만 날릴 가실마당을 생각하면

자식 때문에 어머니가

상복을 입은 여인들이
광장의 분수대를 돌고 있다
저마다 가슴에 사진을 하나씩 껴안고
분수대를 돌고 있는 여인들은
팔을 치켜들고 뭐라고 뭐라고 외치기도 하고
고개를 떨구고 흐느껴 울기도 한다

저 여인들은 어느 나라 사람들일까
철모와 방패에 포위된 채 분수대를 돌고도는 저 여인
들은
우리에게 텔레비전을 보여주고 있는 민가협의 총무 간
사가 설명한다
쿠데타에 자식을 빼앗긴 아르헨티나의 어머니들이라고
살려내라 살려내라 우리 자식 살려내라 외치고 있다고

권력에 굶주린 늑대들에게
자식을 빼앗긴 아르헨티나의 어머니들

살해된 자식을 가슴에 묻고 애통해하는 아르헨티나의
어머니들
　나는 보았다 나는 보았다 저와 같은 어머니들을 대한
민국에서도
　광주에서도 보고 서울에서도 보았다
　감옥의 담벼락에서도 보고 법원의 뒷골목에서도 보
았다
　안기부의 정문에서도 보고 보안사의 후문에서도 보
았다
　폭력의 하수인들이 지배계급의 생명과 재산 지키고 있
는 곳이면 그 어느 곳에서도 보았다

　철모와 방패의 포위 속에서
　살해된 자식을 살려내라 외치고 있는 아르헨디니의 어
머니들이여
　세상 사람들의 무관심 속에서
　우리 자식 살려내라 외치고 있는 대한민국의 어머니들

이여

　　그러다가 개처럼 두들겨맞고

　　그러다가 짐짝처럼 트럭에 실려

　　쓰레기처럼 아무데나 버려지는 두 나라의 어머니들

이여

　　언제쯤이면 아 언제쯤이면 자식 때문에 어머니가

　　상복을 입고 흐느껴 우는 시절을 살지 않을 수 있을까요

별

밤 들어 세상은
온통 고요한데
그리워 못 잊어 홀로 잠 못 이뤄
불 밝혀 지새우는 것이 있다
사람들은 그것을 별이라 그런다
기약이라 소망이라 그런다
밤 깊어
가장 괴로울 때면
사람들은 저마다 별이 되어
어머니 어머니라 부른다

한 매듭의 끝에 와서
80년대, 저 짓밟힌 풀들과 함께

한해의 끝에 와서
내 왔던 길 십년의 길
되돌아보면 그 길
가파른 길에 비가 와서
삭풍에 눈보라까지 쳐서 얼어붙은 길
강 굽이굽이마다
산 굽이굽이마다
눈물자국 핏자국 산전수전이다.

내 왔던 길 그러나
내 혼자만의 길 아니었다.

그 길
자유의 날개를 꿈꾸고

그 길
동터오는 해방의 아침을 열고

통일의 길
갈라진 땅 하나됨의 길로
치닫는 길이었다.

가시밭길 헤치고
피나는 길 무릅쓰고
모든 사람들과 함께 걸었던 길
치켜든 주먹에
투쟁과 단결의 기치 세우고
어깨동무하고 걸었던 길이었다.

그 길 자유의 길을 가다
어떤 이는 총알에 맞아
부러진 날개의 피묻은 새가 되기도 했다.
그 길 해방의 길을 가다
어떤 이는 도끼에 발등이 찍혀
쓰러진 나무가 되기도 했다.

그 길 통일의 길을 가다
어떤 이는 비바람 눈보라에 모가지가 꺾여
다시는 일어서지 못하는 들풀이 되기도 하고

아 살아남은 자의 슬픔이여
나 여기까지 와서 무엇인가
눈물의 천길 계곡인가
절망의 늪에서 헤어나지 못하는
좌절의 무릎인가
불의의 세계와 싸우다가
도끼와 총알에도 굴하지 않았던 형제들이여

나 아무것도 아니다.
또 하나의 별 그 밑에서 나
억센 주먹의 다짐이 아닐 때
원수 갚음의 원수 갚음의
전진하는 발자국 싸움이 아닐 때

저 쓰러진 나무들과
저 짓밟힌 풀들과
함께 어깨동무하고 걸었던 그 길
함께 발맞추고 걸었던 그 길
자유의 길
해방의 길
통일의 길
내 다시 걷지 않을 때 그때
나 아무것도 아니다.

한 매듭의 끝에 와서
내 가야 할 길 멈출 때.

자유를 위하여

곡괭이에 찍혀
잘려나간 대지의 뿌리
당신은 생각하는가 한두 번의 곡괭이질로
자유의 뿌리가 뽑히리라고
갈고리에 걸려
떨어져나간 하늘의 가지
당신은 생각하는가 한두 번의 갈고리질로
자유의 날개가 꺾이리라고
도끼에 찍혀
홈집투성이가 된 대지의 기둥
당신은 생각하는가 한두 번의 도끼질로
자유의 나무가 넘어지리라고

보아다오 뿌리는 벌써 뻗어
마을로 동구 밖 한길의 네거리로 뻗어내려
찢어지는 산맥 강물의 속삭임과 함께 전진하고 있나니
보아다오 가지는 이미 그 씨방을 퍼뜨려

땅속 깊은 곳 대지의 자궁에서
반전의 싹을 틔우고 있나니
오 자유여
봉기의 창 끝에서 빛나는 별이여

역사에 부치는 노래

빛이 빛을 잃고 어둠 속에서
세상이 갈 길 몰라 헤매고 있을 때
섬광처럼 빛나는 사람들이 있었다
그들은 어둠 속에서 어둠의 세계와 싸우며
밝음의 세계를 열었으니
역사는 그들을 민중의 지도자라 부르기도 하고
시인은 그들을 하늘의 별이라 노래하기도 한다

소리가 소리를 잃고 침묵 속에서
세상이 무덤처럼 입을 봉하고 있을 때
천둥처럼 땅을 치고 하늘을 구르는 사람들이 있었다
그들은 침묵 속에서 세계와 싸우며
하늘과 땅을 열었으니
역사는 그들을 민족의 선각자라 부르기도 하고
시인은 그들을 대지의 별이라 노래하기도 한다

오늘밤 우리는 여기 모였다 어둠을 밝히고

역사의 지평선으로 사라져간 그들을 부르기 위해
오늘밤 우리는 여기 모였다 침묵을 깨치고
강 건너 저편으로 사라져간 그들을 노래하기 위해
김시습
정여립
정인홍
최봉주
김수정
허균
이필제
김옥균
김개남
전봉준
그들은 지금 우리와 함께 여기 있다
민족이 해방을 요구하고
나라가 통일을 요구하고
민중이 자유와 평등을 요구하고 있는 이 시대에

보라 가진 자들에게는 눈엣가시였으되
민중에게는 어둠을 밝히는 하늘의 별이었던 그들을
보라 나라님에게는 역적이었으되
백성에게는 어깨동무하고 전진하는 이웃이었던 그들을
그들은 살아 있다 지금 여기 하늘과 땅 사이에
우리의 가슴에 핏속에 살아 숨쉬고 살아 움직이고 있다
그들의 눈은 아직도 섬광처럼 번뜩이며
어둠의 세계에서 작당하는 권모와 술수의 정치를 쏘아
보고 있다
그들의 입은 아직도 천둥처럼 땅을 치고 하늘을 구르며
썩어문드러진 부패한 관리의 모가지를 요구하고 있다
그들은 아직도 붓과 낫과 창을 거머쥐고
외적의 무리와 맞서며 민중들의 단결을 호소하고 있다

밤이 깊다 날이 새기 전에
지금 이곳에서 우리가 할 수 있는 일은
그들의 혼을 가슴 깊이 들이켜고

우리의 입과 팔다리로 육화시키는 일이다
어제의 그들이 꿈꾸었던 사상의 세계를
오늘의 우리가 꽃으로 피우는 일이다
그들이 못다 부른 노래를 우리의 입으로 부르며
그들이 남기고 간 무기를 우리의 손으로 들고서

혁명의 길

시대의 절정에서
대지의 사상에 뿌리를 내리고
새벽을 여는 사람이 있다 어둠의 벽을 밀어
혁명하는 사람이 그 사람이다
굶주림이 낯익은 그의 형제이고
몸에 밴 북풍한설이 그의 이불이다
그리고 얼굴 없는 그림자가 그의 길동무고

혁명의 길은
다정히 둘이 손잡고 걷는 길이 아니다
박수갈채로 요란한 도시의 잡담도 아니다
가시로 사납고 바위로 험한 벼랑의 길이 그 길이다
끝이 보이지 않는 도피와 투옥의 길이고
죽음으로써만이 끝장이 나는 긴긴 싸움이 혁명의 길
이다
그러나 사내라면 그것은 한번쯤 가볼 만한 길이다
전답이며 가솔이며 애인이며 자질구레한 가재도구

며……

　거추장스러운 것 가볍게 털어버리고

　한번쯤 꼭 가야 할 길이다

　과연 그가 사내라면

　하늘의 태양 아래서

　이름 빛내며 살기란 쉬운 일이다

　어려운 것은

　지하로 흐르는 물이 되는 것이다 소리도 없이

　밤으로 떠도는 별이 되는 것이다 이름도 없이

발문

염무웅

애초에 창비측이 나에게 제안한 것은 시인의 10주기에 즈음하여 시선집 『사랑의 무기』(창비 1989)를 보완한 개정판을 내자는 것이었다. 김남주만한 역사성을 지닌 시인이라면 의당 제대로 된 전집으로 대접받아야 한다고 믿어온 터이지만, 그것은 단시일 안에 이루어질 일이 아니므로, 우선 이런 선집의 간행으로라도 그의 10주기를 기념하고자 하는 뜻에서 창비의 제안을 검토해보기로 하였다.

그러나 오랫만에 『사랑의 무기』를 펼쳐들자마자 곧 나는 이 선집을 약간 보완하는 것만으로는 아무런 뜻이 없다는 것을 깨닫게 되었다. 그 이유를 설명하자면 그의 시들이 어떻게 씌어져서 어떤 경로로 시집으로 묶여졌는가를 이야기하지 않을 수 없고, 그러자면 자연 시인 김남주의 험난한 인생역정을 간략하게나마 살펴보지 않을 수 없다.

이미 잘 알려진 사실이지만 1946년 전남 해남에서 태어난 김남주는 1969년 전남대학교 영문과에 입학하였다. 만 23살의 나이였으니 같은 또래들은 벌써 졸업을 앞두고 있었다. 이렇게 늦어진 이유 중의 하나는 그가 당시의 획일적인 입시위주 교육에 반대해서 다니던 고등학교(광주일고)를 자퇴하고 검정고시를 거쳤기 때문이다. 그러니까 소년시절에 이미 반항적인 기질을 드러낸 셈이다. 그런데 그가 대학에 입학한 1969년은 어떤 해인가. 바로 박정희의 집권연장을 위해 삼선개헌이 강행되고 대학을 억누르기 위해 학생들에게 교련을 강제로 실시한 해이다. 당연히 김남주는 친구들과 함께 반정부민주화투쟁 대열에 앞장섰고, 이어서 유신이 선포되자 곧 반유신활동에 몰두하다가 이 과정에서 1973년 열달 동안 투옥되었고, 학교에서는 제적되었다.

김남주가 처음 시를 써본 것은 이때 감옥 안에서였던 것 같다. "창비에 실린 시를 보고 / 이따위 시는 나도 쓰겠다 싶어 보면서 / 나는 처음으로 시라는 것을 써보았다"(「이따위 시는 나도 쓰겠다」)는 진술을 문자 그대로 믿기는 어려울지 모르지만, 계간 『창작과비평』을 읽은 것이 그의 내면에 잠복한 시적 충동을 자극했던 것은 분명하다. 박석무(朴錫武)의 어느 글에 보면, 김남주는 1970년 무렵부터 친구 이강(李鋼)과 함께 선배인 박석무의 집에 놀러 와서 『창작과비평』에 대해 호의적인 논평을 한 것으로 되어 있다. 그러나 이 시기에는 학생운동에 전념하느라고 동분서주하였고, 짧은 옥살이 끝에 고향에 내려온 다음에야 비로소 옥중에서 시험해본 시쓰는 일에 본격적으로 손을 대었다.

「잿더미」를 비롯한 8편의 시가 신인투고로 『창작과비평』에 발표된 것은 1974년 여름이다. 이로써 그는 공식적으로 문단에 등장하였다. 당시에 나는 『창작과비평』 주간으로서 편집실무를 맡고 있었으므로 갱지 원고지에 투박하게 씌어진 그의 시를 최초로 읽는 행운을 누릴 수 있었다. 그러나 이 시들이 문단적으로 커다란 반향을 불러일으킨 것과 상관없이 시인 자신은 어려운 가정형편에다 앞날을 예측할 수 없는 갑갑한 심정으로 괴로워하고 있었다. 나에게는 1974년 12월 31일자 그의 편지가 용케도 지금까지 보관되어 있는데, 그 앞부분은 이렇다. "형은 읍내에서 장사하다 망쪼들어 서울로 내뺐습니다. 여동생 둘이 있는데 둘 다 서울로 보따리를 쌌습니다. 큰것은 어떤 녀석과 결혼한다고 돈을 달라는 편지가 오고, 작은것은 어느 음식점에 있다고, 춥다면서 다시 집에 오고 싶은데 허하여주십사고 편지질입니다. 60이 넘은 부모는 찌그러진 가정을 일으켜세운답시고 새벽부터 밤까지 일손을 놓지 못하고 안간힘을 쓰고 있습니다.……" 이것은 당시 김남주의 가정형편인 동시에 70년대 우리 농민의 보편적 현실이기도 하였다. 김남주 문학의 원천은 바로 이 몰락하는 농민현실이고 그 현실에 맞서 힘들게 삶을 이어가는 아버지 어머니이다.

그러나 한편으로 1970년대는 김남주에게 여러 선택들 사이에서 고민하는 각박한 암중모색의 시기였다. 시인으로 데뷔한 후 3년 동안 『창작과비평』 『세대』 『씨올의 소리』 등에 단속적으로 작품을 발표하기는 했으나 시쓰기에 목을 맬 생각은 없었다. 고향에서 농사를 짓기도 하고 1977년경에는 '해남농민회'를 결성하기도 했지만, 그의 지적 열망과 실천적 체험은 이미 농촌의 경계를 넘어서고 있었다. 1975년 광주에서 최초의 사회과학 전문서점을 열고 1977년 지역활동가들과 '민중문화연구소'를 개설하여 민중적 사회문화운동의 구심점을 만들었으나, 그것은 곧 정치적 탄압의 대상이 되었다. 마침내 그는 1978년 서울로 피신하여 '남민전(남조선민족해방전선)' 준비위원회에 가입함으로써 혁명전사의 길을 가기로 결심한다.

박정희의 죽음으로 유신체제가 붕괴하기 직전 그가 남민전 준비위의 일원으로 체포되어 모진 고문 끝에 기소되고 1980년 12월 15년형이 확정된 것은 잘 알려진 사실이다. 감옥 안에서 그는 광주항쟁 소식을 들었고, 이것은 그에게 엄청난 충격을 주었다. 그러나 그가 그곳에서 할 수 있는 일은 정신을 집중하여 몰래 시를 쓰는 것뿐이었다. 김남주가 평생 쓴 470여편의 시 가운데 300편 남짓한 작품은 이처럼 9년 3개월의 옥중생활 속에서 창작된 것이다. 그의 시를 읽을 때 우리는 언제나 이 사실을 염두에 둘 필요가 있다. 왜냐하면 가혹한 조건은 시인의 감성을 극단적으로 고양시켰을 뿐 아니라 시의 형식에도 중대한 영향을 끼쳤을 것이기 때문이다. 후일에도 차분하게 손볼 기회가 없었으므로 그의 텍스트에는 오자나 탈자가 더러 있을 가능성도 염두에 두어야 한다.

피묻은 손으로 정권을 장악한 전두환의 5공체제는 그러나 2, 3년 지나자 거센 저항운동에 부딪치게 되었고 차츰 양보하지 않을 수 없었다. 이른바 유화국면이 조성된 것인데, 이런 분위기에서 김남주의 첫시집 『진혼가』(1984. 12.)가 간행되었다. 70년대에 발표된 작품들을 묶은 것으로, 이 시집을 계기로 김남주 석방운동이 궤도에 올라서고 감옥 안에서 쓴 많은 시들이 바깥으로 흘러나와 이런저런 매체를 통해 세상에 알려지게 되었다.

김남주의 제2시집 『나의 칼 나의 피』(1987. 11.)와 제3시집 『조국은 하나다』(1988. 9.)는 규모에 있어서는 차이가 크지만 본질적으로 성격이 비슷한 책이다. 이 시집들은 70년대에 발표되어 『진혼가』에 모였던 시들, 옥중에서 씌어져 1985, 6년경 이곳저곳에 발표된 시들, 그리고 역시 옥중에서 씌어져 은밀하게 운동권에서 유통되던 시들로 구성되어 있다. 『나의 칼 나의 피』에 85편 정도가 수록된 데 비하여 『조국은 하나다』에 200편 남짓 수록된 것은 6월항쟁 이후 강압적 군사통치체제가 허물어지면서 김남주의 옥중시들이 그만큼 더 많이 바깥으로 유출되었음을 말해준다고 하겠다. "내가 투옥되어 있을 당시에 나온 시집의 시들에 오자가 많아 그것을 바로잡자는 것이고, 표현이나 구성이 엉망인 데가 있어서 그것을 고치자는 것"(『저 창살에 햇살이』 1 「머리말」)이라는 시인 자신의 말대로 두 시집 모두 부실한 구석이 적지않다. 전자의 작품들이 대부분 후자에 재수록되었음은 물론이다.

『조국은 하나다』가 출간되고 나서 석달 뒤인 1988년 12월 21일 김남주는 형집행정지로 전주교도소에서 석방되었다. 그리고 겨우 한달 뒤인 이듬해 1월말경 "이리 꼬시고 저리 꼬시고/별의별 수작을 다 해도/입술 한번 주지 않던" "잡아보라고/손목 한번 주지 않던 사람이/그 손으로 편지를 써서 보냈다오/옥바라지를 해주고 싶어요 허락해주세요"(「철창에 기대어」)라고 묘사되었던 그 여자 박광숙과 결혼하였다. 나 자신이 편집에 관여했던 시선집 『사랑의 무기』는 이런 와중에서 간행되었다. 오랜 감옥생활로부터 사회로 복귀한 직후인데다가 김남주의 육성을 듣고 싶어하는 각계의 요구가 빗발치고 있었으므로 시인 자신이 차분하게 수록작품을 매만질 여유가 없었다. 따라서 이 선집 역시 창비 특유의 꼼꼼함이 얼마간 발휘되었음에도 불구하고 만족할 만한 판본이라 하기 어렵다. 기왕에 간행된 여러 시집들과 두겹 세겹으로 중복되는 작품이 다수였고 그 시집들의 오류가 여기서 거의 그대로 되풀이되었음은 두말할 것도 없다.

제4시집 『솔직히 말하자』(1989. 11.), 제5시집 『사상의 거처』(1991. 11.), 제6시집 『이 좋은 세상에』(1992. 3.) 가운데 신작시집의 이름에 합당한 것은 『사상의 거처』이고, 다른 두 시집은 옥중시를 새로 정리한 것과 출옥 후의 신작들을 대충 묶은 책이다. 중복수록이 적지 않았음은 물론이다. 앞서 인용했듯이 그가 감옥에 있는 동안 출간된 시집들에 실린 작품은 오자도 많았고 표현이 마음에 들지 않는 것도 있었다. 그래서 1973년 첫 옥살이 때 썼던 3편과 1979년 말부터 1988년 말까지의 옥중생활 동안 쓴 300여편을 모두 정리한 옥중시전집 『저 창살에 햇살이』 (1992. 10.) 두 권이 간행되었다. 그러나 저자가 이 정리작업에 얼마나 충실히 개입했는지 하는 것은 불확실하다.

유고시집 『나와 함께 모든 노래가 사라진다면』(1995. 2.)은 시인의 안타까운 죽음 1주기를 맞아 부인 박광숙의 편집으로 출간되었다. 편자의 말에도 나와 있듯이 이 시집에는 『이 좋은 세상에』 이후 발표된 신작과 미발표작

들뿐만 아니라 시인 자신이 정리해두고 무슨 까닭인지 옥중시전집에 포함시키지 않은 옥중시들이 실려 있다. 아울러 몇편의 초기작이 뒤늦게 수록되었는데, 이에 대해서는 약간의 설명이 필요하다. 앞에서도 잠깐 언급했듯이 1974년경 『창작과비평』 주간이었던 나는 김남주의 시를 우편으로 받아보고 백낙청 선생과 의논하여 잡지에 게재하였다. 이후 그는 2, 3년간 잇달아 『창작과비평』에 작품을 발표하였다. 물론 우송된 작품을 모두 실은 것이 아니라 어떤 것은 한남규(韓南圭, 소설가 고 한남철韓南哲) 선생에게 부탁해서 『월간중앙』의 지면을 얻기도 하고 어떤 것은 그냥 보관하기도 하였다. 그런데 그무렵 나는 '창비' 사무실과 멀지 않은 곳에 있던 덕성여대 국문과에 전임으로 재직하고 있었다. 학과 사무실의 내 캐비넷에는 이미 읽었거나 앞으로 읽어야 할 『창작과비평』의 투고원고들도 꽤 있었다.(개인 연구실은 없었다.) 발표가 보류된 김남주의 시원고들도 아마 이 캐비넷에 함께 있었을 것이다. 그런데 1976년 초 나는 교수 재임용에서 탈락, 강제해직되었을 뿐만 아니라 학생접촉과 학교출입이 금지되었다. 그럭저럭 오랜 세월이 지난 1993년 초 여의도 고등학교에 재직한다는 어느 선생님이, 오래 전에 덕성여대 국문과 사무실을 정리할 기회가 있었는데 그때 버리지 않고 간직하게 된 원고가 나의 것이라고 짐작되어

보낸다는 편지와 함께 빛바랜 원고를 나에게 우송하였다. 첫눈에 그것은 김남주의 시였다. 「잔소리」「하하 저기다 저기」「여자는」 같은 시들은 이런 경위로 사장될 뻔하다가 20년 만에 햇빛을 보았다.

이제 이번에 묶은 선집의 구성에 대해 설명하겠다. 제1부는 초기작이다. 김남주 특유의 이념적 뼈대가 단단해지기 이전의 소박한 세계를 보여준다. 그러나 「잿더미」는 김남주 문학의 출발을 알리는 포성과도 같은, 펄펄 살아 뛰는 강렬한 이미지가 폭포처럼 우렁차게 쏟아지는 언어의 힘에 실려 독자를 압도하는 걸작이다. 제2~4부는 대체로 옥중시들이다. '대체로'라고 말하는 까닭은 시의 내용으로 보아 감옥 바깥에서 씌어졌음직한(적어도 구상되었을 것 같은) 작품도 더러 있기 때문이다. 이 작품들은 앞에서 말한 것처럼 여러 시집에 중복수록되어 있는데, 모두 『저 창살에 햇살이』의 것을 정본으로 삼았다. 개중에는 「다산이여 다산이여」를 「田論을 읽으며」로 고치듯이 제목을 고친 경우도 있고, 「학살 1」과 「학살 2」처럼 1과 2를 바꾼 경우도 있다. 제5부는 『솔직히 말하자』 『사상의 거처』 『이 좋은 세상에』 등의 시집에서 딴 시집들과 중복되지 않은 작품만 가려뽑은 것이다. 출옥 후 김남주의 삶과 고뇌와 새로운 결의가 솔직하고도 가슴 저리게 농축되어 있다. 제6부는 유고시집에서 뽑은 것이다. 편자인 부인의 말대로 옥중시도 있지만 시인의 마지막 숨결을 느끼게 하는 유언 같은 시들도 있다. 이 가운데 「Welcome U. S. Marines」는 좀 특이하다. 이 작품은 『사랑의 무기』에 실린 「포항 1988년 2월」을 제목도 바꾸고 표현도 손질한 것이다. 대체 언제 쓴 시일까. "그날 나는 우연히 포항에 있었다"로 시작되는 이 작품은 미군 상륙훈련을 묘사한 점에서는 감옥 바깥의 목격담이지만, 그러나 1988년 2월에 시인은 아직 옥중에 있었다. 그렇다면 시점을 이동한 것인가, 허구적 상황을 설정한 것인가. 이 질문은 물론 창작과 실제의 단순한 구별조차 혼동한 무지일 수 있다. 그러나 김남주처럼 엄중한 감시의 눈길 아래 은폐와 위장의 방법을 통해 비정상적으로 작품을 창작한 시인의 경우, 집필연대의 추정에 의해 어떤 이념적·문학적 발전과정을 재구성하자면 작품 안팎에 흩어진 모든 방증을 최대한 활용하지 않을 수 없는 것이다. 이런 점에서 김남주의 문학은 아직도 실증적 차원에서 더 검토되어야 할 여지가 많다. 이 선집 역시 지금까지 출간된 책들에 비한다면 제법 공력이 들어간 것이지만, 그러나 결코 완벽한 것이 못된다.

　사실을 말하자면 나는 김남주의 시 전부를 이번에 처

감중 8개월 만인 12월 28일 석방. 전남대에서 제적됨.

1974년 28세 고향에 내려가 농사를 지으며 농민문제에 깊은 관심을 쏟음. 계간 『창작과비평』 여름호에 「진혼가」「잿더미」 등 8편의 시를 발표하면서 작품활동을 시작함.

1975년 29세 광주에 사회과학서점 '카프카'를 개설하여 광주 사회문화운동의 구심점 역할을 수행함.

1977년 31세 재차 귀향하여 농민들과 함께 이후 한국기독교농민회의 모체가 되는 '해남농민회'를 결성. 이해 말경 광주로 나와 황석영·최권행 등 광주 지역 활동가들과 '민중문화연구소'를 개설, 초대회장을 역임함.

1978년 32세 민중문화연구소 활동의 일환으로 일어판 「빠리꼬뮌」 강독중 중앙정보부 급습으로 피신, 상경함. 서울에서 남조선민족해방전선 준비위원회에 가입하여 전위대 전사로 활동. 수배중 프란츠 파농의 저서 『자기의 땅에서 유배당한 자들』(청사) 번역 출간.

1979년 33세 10월 4일 남민전 조직원으로 서울에서 활동중 약 80명의 동지와 함께 체포, 구속되어 60여일의 구금과 고문수사 끝에 투옥됨.

1980년 34세 12월 23일 남민전 사건으로 대법원에서 징역 15년 실형 확정, 광주교도소에 수감됨.

1984년 38세 첫시집 『진혼가』(청사) 출간. 12월 22일 자유실천문인협의회·민중문화운동협의회·민중문화연구회·전

남민주청년운동협의회 공동주최로 석방촉구 출판기념회 개최.

1985년 39세 자유실천문인협의회·민주언론운동협의회·민중문화운동협의회·민중문화연구회 공동명의로 석방 촉구 성명서 채택. 4월 27일 '김남주 석방대책위원회' 발기.

1986년 40세 전주교도소로 이감. 독일 함부르크에서 개최된 국제PEN대회에서 '김남주 시인 석방결의문' 채택.

1987년 41세 9월 17일 민족문학작가회의 창립총회에서 석방 촉구 결의문 채택. 제2시집 『나의 칼 나의 피』(인동) 출간. 일어판 시집 『농부의 밤』 출간. 일본PEN클럽 명예회원으로 추대됨.

1988년 42세 문인 502명이 서명한 석방탄원서를 법무부장관 등에게 제출. PEN클럽 세계본부·미국PEN클럽 등이 정부측에 석방 촉구 공문 발송. 미국PEN클럽 명예회원으로 추대됨. 광주·서울·부산·전주에서 '김남주문학의 밤' 개최, 석방 촉구 성명서 및 결의문 채택. 제3시집 『조국은 하나다』 및 하이네·브레히트·네루다의 혁명시집 『아침저녁으로 읽기 위하여』(남풍) 출간. 12월 21일 형집행정지로 투옥생활 9년 3개월 만에 전주교도소에서 출감.

1989년 43세 1월 29일 광주 문빈정사에서 오랜 동지인 약혼자 박광숙과 결혼. 옥중서한집 『산이라면 넘어주고 강이

라면 건너주고』(삼천리), 시선집 『사랑의 무기』(창작
과비평사), 제4시집 『솔직히 말하자』(풀빛) 등을 출간.

1990년 44세 광주항쟁시선집 『학살』(한마당) 출간. 92년 12월
까지 민족문학작가회의 민족문학연구소장을 역임.

1991년 45세 제5시집 『사상의 거처』(창작과비평사) 출간. 제9
회 신동엽창작기금을 받음. 시선집 『함께 가자 우리
이 길을』(미래사), 산문집 『시와 혁명』(나루)을 출간.
하이네 정치풍자시집 『아타 트롤』(창작과비평사) 번
역 출간.

1992년 46세 제6시집 『이 좋은 세상에』(한길사)와 옥중시전집
『저 창살에 햇살이』 1·2(창작과비평사) 출간. 제6회
단재상 문학부문 수상. 반핵평화운동연합 공동의장.

1993년 47세 제3회 윤상원문화상 수상. 민족문학작가회의 상
임이사, 한국민족예술인총연합 이사. 12월 23일 여의
도 여성백인회관 강당에서 '김남주문학의 밤' 개최.

1994년 48세 2월 13일 새벽 2시 30분 고려병원에서 췌장암으
로 별세. 유족으로 부인 박광숙 여사와 아들 토일(土
日)군이 있음.

1995년 유고시집 『나와 함께 모든 노래가 사라진다면』(창작
과비평사) 간행.

2000년 5월 20일 광주 중외공원에 김남주 시비 건립.

김남주 시선집
꽃 속에 피가 흐른다

초판 1쇄 발행／2004년 5월 14일
초판 12쇄 발행／2022년 5월 25일

지은이／김남주
엮은이／염무웅
펴낸이／강일우
편집／김정혜 문경미 안병률
미술·조판／이선희 정효진 신혜원 한충현
펴낸곳／(주)창비
등록／1986년 8월 5일 제85호
주소／10881 경기도 파주시 회동길 184
전화／031-955-3333
팩시밀리／영업 031-955-3399 · 편집 031-955-3400
홈페이지／www.changbi.com
전자우편／lit@changbi.com